꽃거지를 찾습니다

차례

제작

한끼   O'FAN HOUSE

프롤로그

도대체 꽃거지는 어디 있는 걸까?

갑작스레 내리는 비를 피하면서 며칠 동안 머릿속을 맴도는 그 질문을 다시 했다. 건너편의 휘황찬란한 쇼핑몰에 비해 낡아서 음침하기까지 한 반대편 건물 벽에 몸을 붙였다. 눈앞에선 비에 조금이라도 덜젖으려는 사람들이 허둥지둥 뛰고 있었다. 어딘지 기시감이 드는 풍경에 기억을 뒤적였지만 안개가 그 장면을 가려버리기라도 한 듯 희부옇기만 했다. 머리까지 무거워지는 것 같아 하늘로 시선을 돌렸다. 비구름 탓에 기압이 높아져서일까 생각하는데 불쑥 노란

빛 덩어리가 시야에 끼어들었다. 팽팽한 천에 튕기는 경쾌한 빗소리 사이로 부드러운 남성의 목소리가 들렸다.

"이 근처에서 꽃거지가 자주 목격된다던데, 혹시 못 보셨어요?"

젊은 남자였다. 180센티는 족히 넘어 보이는 키에 운동으로 다져졌을 게 분명한 균형 잡힌 몸이 두꺼운 재질의 가을 점퍼에 싸여서도 드러났다. 근처 대학의 체대생인가? 정체를 가늠하는 의문을 머릿속에서 굴릴 때 그가 다시 나를 불렀다.

"저기요?"

"아, 미안해요. …사실 저도 찾던 중이긴 한데."

꽃거지를 찾느라 주변을 배회했지만 이제껏 비슷한 그림자조차 발견하지 못했다. 그런데 나와 마찬가지로 그를 찾는 사람이 또 있었고 심지어 우연히 만나다니. 신기한 일을 넘어 기묘하다는 생각에 조금 망설이는 기색으로 답했지만, 남자는 즉시 내게 바짝 다가서며 말했다.

"잘됐네요! 그러면 저랑 같이 찾는 건 어떠세요?"

"네? 같이요?"

정보 교환이나 할 수 있으면 좋겠다 싶어 답한 거였는데 함께 움직이자는 말에 한걸음 뒤로 물러섰다. 말끔한 겉보기와는 달리 이상한 사람일 수도 있겠다는 의심에 남자의 모습을 다시 위아래로 훑었다. 그루밍족에 당당히 포함되고도 남을 패션, 나보다 적어도 대여섯 살은 어릴 게 분명한 외모. 혹여 메이크업이라도 할라치면 웬만한 아이돌로 오해받을 만큼 잘생긴 얼굴이었다. 뭐지? 요즘 제비의 신종 수법인가?

하지만 그들이 노릴 만큼 내가 돈이 많아 보일 리는 없고, 혹시나 그렇다고 해도 이해하기 힘든 일인 건 변함없었다. 애초에 내가 꽃거지를 찾고 있었던 걸 남자가 어떻게 알았단 말인가.

남자는 내가 품은 의심은 상상도 못 한 듯, 더욱 밝은 얼굴로 목소리를 높였다.

"어차피 찾는 중이시라면서요? 둘이 찾으면 훨씬 수월할 거예요, 네? 같이 찾아요!"

어딘가 이상하고 위험하다. 남자에게 뭔가 다른 꿍꿍이가 있을 거라는 생각이 머리를 채웠다. 그러나.

"그…래요, 그럼."

어찌 된 일인지 보이지 않는 힘에 이끌리듯 나도 예상치 못한 답이 입 밖으로 나왔다.

"고맙습니다! 제 이름은 강건우라고 해요. 잘 부탁드려요!"

건우가 인사하며 해사한 미소를 지었다. 노란 우산이 그의 뒤로 배경처럼 펼쳐져 있어서인지 더욱 눈이 부셨다.

그렇게 신림역 꽃거지를 찾는 건우와 나의 여정이 시작되었다.

라멘 가게,
신바야시 쇼쿠도

> **체격:** 180센티미터가 넘는 키에 호리호리한 모델 몸매.
>
> **얼굴:** 배우 원빈과 이민기를 섞은 듯한 꽃미남.
>
> **의상:** 카키색 누빔 점퍼에 회색 산타 할아버지 가방 장착.
>
> **특징:** 절대 구걸하지 않는 당당한 태도와 도도한 눈빛.
>
> **출몰 지역:** 신림역 3, 4번 출구 쪽 광장, 4번 출구 인근
> 상가, 도림천 인근.

　2000년 후반부터 신림역 인근에 출몰한 일명 '꽃거지'. 한창 관심을 받았을 땐 취재 기사나 유튜브 콘텐츠도 많았지만 서서히 대중에게서 잊혔다. 그러다 최근 누군가의 목격담이 커뮤니티를 중심으로 돌면서 십여 년 만에 다시 화제에 올랐다.

　우리가 그를 찾기 위해 하루에 한두 시간 정도, 건

우의 수업이 비는 시간에 함께 신림역 주변을 돌아다닌 지 벌써 며칠이 지났다. 그동안 비가 연이어 내려 돌아다니기 쉽지 않았지만, 건우가 앞장서서 사람들에게 묻고 미리 인터넷을 뒤져 정보를 찾아온 덕에 내가 직접 한 일은 거의 없었다.

평소 타인에게 마음을 쉽게 여는 편이 아니었기에 건우와 이렇듯 급속도로 편한 관계가 된 건 내가 생각해도 상당히 특이했다. 어지간해선 나보다 어린 사람에게도 말을 잘 놓지 않는데 어느 순간엔 반말까지 하고 있었다.

"내일은 어디에서 만날까? 너 수업 몇 시… 아, 미안해요!"

"네? 왜 그러세요?"

"건우 씨가 너무 편하게 대해줘서인지 나도 모르게 반말을 하고 있었네요. 진짜 미안해요, 저 원래 이러지 않는데…."

"에이, 괜찮아요! 사실 계속 존대하시던 거, 제가 오히려 불편했거든요. 말 놓으셔야 저도 덜 부담스럽고 편하니까 좀 전처럼 편하게 말하세요. 저도 극존칭은 되도록 피할게요, 하하!"

"그래도 될까요? …돼?"

조심스럽게 확인하는 나에게 건우는 얼굴 가득 띤 미소로 답을 대신했다.

그렇게 건우와 더 편한 사이가 된 다음 날 정오, 며칠 연속 내리던 비가 드디어 자취를 감추고 푸르른 가을 하늘이 드러났다. 깨끗한 공기와 밝은 빛이 눈은 물론, 마음까지 환하게 밝혀줄 것 같았다.

그런데 오랜만에 갠 날씨에도 신림역 주변은 인파로 북적이던 여느 평일 점심시간과 달리 한산했다. 그로 인한 위화감에 주위를 살펴보았다. 국빈이라도 이 일대를 통과하는지, 건널목 주변으로 순찰인지 대기인지 알 수 없게 서성이는 경찰 여럿이 보였다. 하지만 내 추측이 맞는지 확인해 줄 다른 정황은 보이지 않았다. 건우와의 약속 시간이 가까워져서 궁금증은 접고 움직였다.

건우와 만나기로 한 곳은 신림역 근처 골목의 일본

라멘집이었다. 삿포로 스타일의 미소 라멘이 주메뉴인 곳으로, 가게 이름 '신바야시 쇼쿠도'는 '신림 식당'을 일본어로 발음한 것이었다. 사장님이 혼자 운영하는 작은 가게인데도 맛은 전국에서 손꼽을 정도라는 명성이 자자했다.

하지만 건우가 처음 그 장소를 탐방하자고 했을 때, 나는 반대했다.

"거긴 혼밥 손님들이 대부분이야. 테이블 없이 바자리로만 되어 있어서 세 사람 이상은 나란히 앉기도 힘들어. 그러니까 혹시나 꽃거지에 관한 대화가 있을까 엿들으려는 우리 계획에는 그다지 맞지 않은 곳이지. 게다가 식사 시간엔 웨이팅이 기본이다 보니 가게에 들어가는 것부터 난관이고. 괜히 시간 낭비만할 거야."

"그래도 그만큼 젊은 사람들이 많이 오는 곳이란얘기잖아요? 그러니까 꽃거지에 관해 알 만한 사람이 있지 않겠어요? 혼밥하는 사람이 많으면 오히려슬쩍 말 걸어서 물어보기도 편하고요."

나름 그럴싸한 이유를 댔지만, 어색하게 옴지락거리는 건우의 입술은 그의 다른 의도 또한 여실히 드러냈다. 유명 맛집을 향한 청년의 식욕. 나도 모르게 피식 웃음이 났다. 그래, 먹고 죽은 귀신이 때깔도 좋다는데, 앞장서서 여정을 이끌어주는 그에게 그 정도 배려는 해줘야지 싶었다.

가게 앞에 도착하니 정확히 약속 시각이었다. 내가 마지막으로 방문한 게 언제인지 기억나지는 않았지만 가게는 그때와 별반 달라 보이지 않았다. 붉은 간판에 아담한 입구, 안이 들여다보이는 큰 창이 달린 알루미늄 섀시 문에는 사장님이 혼자 식당을 꾸리느라 손님들에게 일일이 설명할 수 없어 정리한 안내 문구가 여럿 붙어 있었다. 오픈 시각, 브레이크 타임, 마감 시각은 물론이고, 메뉴가 변경된 이유, 가게에서 맥주를 팔지는 않지만 외부에서 사 온 맥주는 반입 가능하다는 내용 등이었다.

역시나 자리는 만석이어서 문 앞에 대기하는 사람이 서넛 있었지만 오늘 지나다니는 사람이 적어서인지 그 정도면 평소보다는 확실히 덜한 편이었다. 나는 애초에 이럴 것을 예상하고 점심 시간은 피하자고 했건만 건우는 수업 때문에 다른 시간은 안 된다며 가장 붐비는 12시를 고집했다. 심지어 그래 놓고선 5분이 넘어가는데 나타나지도 않았다. 괘씸하단 생각에 속으로 불만을 쏟는데 옆에서 혼잣말처럼 중얼거리는 목소리가 들렸다.

"역시 이 시간에는 사람이 많긴 많네요?"

평소 잘 놀라지 않는 편이라 태연히 돌아보기만 했는데, 그래서인지 건우도 귀를 만지작거리며 단조로운 말투로 말을 이었다.

"좀 더 빨리 올 걸 그랬나 봐요."

내 얼굴은 쳐다보지도 않고 중얼거리는 게 마땅찮아서 눈을 흘기는데 건우의 귀에 꽂힌 이어폰이 보였다. 얘 좀 봐라? 심지어 이어폰도 빼지 않고 말한다고? 아무리 요즘 애들이 음악 듣길 좋아하고 자유분방해도 이건 아니지!

직업 정신 때문인지 자연스럽게 나무라는 말이 튀

어 나갔다.

"강건우, 너 이어폰 계속 꽂고 있을 거야? 대화할 때 그건 좀 예의가 아니지 않니? 매너가 사람을 만든 다는 영화도 안 봤어?"

"아, 제가 일 때문에 전화 받을 일이 많아서요. 양해 좀 부탁드릴게요, 누나."

누…나…? 갑작스럽게 날아든 호칭 공격에 순간 말을 잃고 말았다. 건우의 애교 섞인 말투 때문인지 앞에 선 손님 몇이 뒤돌아 우리를 힐끔거렸다. 건우 가 머쓱하게 그들에게 고개를 숙이자, 돌아본 사람 중 여성 한 명은 금세 얼굴을 붉혔다.

"아… 알겠어. 흐음, 그런 거구나."

"뭐가 그래요?"

건우는 여전히 다른 곳에 시선을 둔 채 모르는 척 물었지만, 나는 건우가 그런 식으로 행동하는 이유를 눈치챘다.

외모로 보나 다정한 평소의 태도로 보나, 건우는 이성에게 조금만 호의를 보여도 오해를 사기 십상이었을 것이다. 그게 불러올 복잡하고 불편한 일은 매번 그를 귀찮게 했을 테고. 그러니 대화를 나눌 때도 이렇게 가급적 시선을 피하고 이어폰도 전화를 핑계로 어떤 상황에서 벗어나기 위한 방법으로 선택한 게 아닐까 싶었다.

문득 나답지 않게 심술궂은 생각이 들어, '대학생인 네가 대기하고 있을 정도로 대단한 전화가 뭐냐'라고 물을까 싶었다. 체대생이니, 퍼스널 트레이닝 아르바이트의 스케줄 조정 같은 걸로 둘러대려나.

그때 건우가 갑자기 물었다.

"참, 누난 이 가게, 와본 적 있으시댔죠? 처음에 어떻게 알고 오셨어요?"

"…일본 라멘 좋아하던 사람이 있었거든."

"좋아하던? 있었다?"

건우가 어색한 내 표현을 콕 집어 되물었지만 모르는 척 말을 이었다.

"그 사람이 알려줘서 처음 왔는데 나중엔 혼자 몇 번 왔었어."

"네? 누나가 혼밥을 하셨다고요? 여자분이 혼자 식사하는 건… 좀 그렇지 않아요?"

"얘 봐라? 이보세요, 만약 제가 혼밥을 못 했으면 진즉 굶어 죽었을지도 모른답니다."

농담으로 한 말이었지만, 건우는 어색하게 입을 다물었다. 괜히 미안해서 설명을 덧붙였다.

"실은 내가 가족 없이 자랐거든. 그래서 혼자 밥 먹는 게 특별한 일도 아니고 일상이었어. 아, 그렇다고 안쓰럽게 생각하지는 마. 어렸을 때부터 익숙한 일이라 나한텐 오히려 다른 사람들과 밥을 먹는 게 더 불편하고 부자연스러웠으니까."

건우가 고개를 주억거리는 걸 보며 말을 이었다.

"그리고 이 가게를 처음 소개해 준 사람은… 예전에 사귀던 남자 친구야. 라멘을 특히나 좋아했던. 그 사람과의 마지막 식사가 여기였어. 바로 여기서, 내가 이별을 고했거든."

그는 내 인생에서 처음이자 마지막으로 사귄 사람이었고, 그때 헤어지지 않았다면 어쩌면 결혼까지 했을지도 모른다.

"에엣? 정말요?"

목소리를 높이며 눈을 크게 뜨고 나를 쳐다본 건우는 곧장 실수를 깨닫곤 고개를 푹 숙였다. 눈을 마주치지 않으려고 안간힘을 쓰는 게 귀여워서 웃음을 흘리곤 이야기를 계속했다.

아버지는 내가 아주 어릴 적에 돌아가셨다. 사진으로 남은 얼굴을 본 게 다일 뿐, 내 기억 속에 아버지는 없다. 홀로 생계를 꾸려야 했던 어머니는 생활력이 그리 강하지 않았다. 하나밖에 없는 자식에게 애정이라도 깊었다면 그녀의 삶이 조금은 달라졌을지도 모르지만 어머니는 모든 면에서 무기력한 사람이었다. 그저 이미 숨을 쉬고 있으니 어쩌지 못해 사는 사람 같았다.

이른 나이에 그런 어머니의 속성을 깨달은 나는 웬만한 일은 스스로 했다. 끼니때가 되면 밥을 차려 먹고, 상을 치우고, 몸을 씻고, 옷을 빠는 것 정도는 초

등학생 때 이미 어렵지 않게 해냈다. 간혹 다른 아이의 어머니가 사랑으로 자식을 대하는 모습을 보면 부러울 때도 있었지만, 그렇다고 내 어머니에게 애정을 갈구하지는 않았다. 다른 어머니들과 같은 모성이 그녀에게서 나오기는 쉽지 않다는 걸 본능적으로 인지했기 때문이다. 처한 상황과 환경을 명확히 알고 있던 내가 어머니에게 바란 건 단순했다. 그나마 안전한 거처인 작은 반지하방을 유지해 주는 것과 먹고 살 쌀과 반찬이 떨어지지 않는 것. 다행히 어머니는 무기력한 상태에서도 그 최소한의 것은 지켜주었다.

그러나 내가 고등학생이 되고 얼마 지나지 않은 어느 밤, 일을 나간 어머니가 돌아오지 않았다. 아니, 일을 나갔던 건지, 내가 등교한 직후 집을 나간 건지는 알 수 없다. 하지만 자신의 짐을 모두 챙겨 자취를 감추었으니, 후자일 가능성이 크다는 것을 어린 나이에도 어렴풋이 짐작했다. 나중에 동네 아주머니들이 속닥거리는 얘기로 진실도 알게 됐다. 어머니는 일터에서 만난 남자와 정분이 났다고 했다. 그 남자와 함께 살기 위해 짐이나 다름없던 나를 버린 거라고 했다.

　모든 사실을 알고 난 후에도 잠깐 혼란스럽고 심란했을 뿐, 원망하는 감정 따윈 들지 않았다. 오래전부터 그녀에 대한 기대는 버렸고 이미 대부분의 일을 스스로 처리해 온 덕분이었다.

　어머니가 돌아오지 않을 것을 확신하고 집을 정리하다가 싱크대 서랍에서 현금 200만 원을 발견했다. 아마 어머니가 서두르다 챙기지 못한 모양이었다. 서랍 속에 가지런히 놓인 그것을 보며, 전 재산이었을 그 돈을 두고 간 칠칠치 못한 어머니가 안타깝다는 생각이 들었다. 하지만 곧바로, 어머니의 실수 덕에 나는 조금이나마 편안하겠단 생각에 코웃음까지 새나왔다.

　그렇게 난 어려서부터 독립적이고 계획적인 생활에 익숙했다. 내 삶은 생존을 위해 목표를 정하고 그것을 달성하는 과정이었다. 그걸 위해 효율적인 방법을 생각하고, 몇 번이고 검토해 완벽한 계획을 세우고 실행하는 것에 집중했다. 내겐 시간이나 돈을 낭

비할 여유가 없었기에 다른 친구들처럼 학창 시절을 즐기는 건 사치였다. 내 몸 하나만 건사하면 되는 생활이라고 해도 제대로 된 직업을 갖기 전까지는 하루라도 허투루 보내거나 아플 수 없었다. 그러면 즉각 생활비로 쓸 수 있는 돈에 차질이 생겼다. 혹시라도 통장 잔고가 0이 되는 순간이 오면, 내 숨이 자동으로 끊길지도 모른다는 공포를 안고 살았다. 그래서 아르바이트도, 공부도, 한계치라고 생각되는 수준까지 온 힘을 다했다. 현재가 불안한 내가 꿈꿀 수 있는 희망은 오로지 미래에만 존재했으니까.

내가 원래 그런 상황을 이겨낼 힘을 타고난 건지, 아니면 그런 환경이어서 하는 수 없이 그런 성격으로 변모한 건지는 알 수 없지만, 어쨌든 그 덕에 대학을 졸업할 즈음엔 남들에게 뒤지지 않는 보통의 생활을 할 수 있게 됐다. 교사를 직업으로 택한 것도 그런 계획을 완수한 결과였다. 아이들을 좋아하거나 가르치는 걸 특별히 원해서가 아니었다. 그저 내 실력으로 닿을 수 있는 가장 안정적인 직장이라서였다.

전 남자 친구는 그런 나와는 전혀 다른 세상을 사는 사람이었다. 그에게 삶이란 순간순간을 오롯이 즐기는 여정 같았다.

처음 만난 건 임용고시를 준비하던 학원 독서실에서였다. 화장실 가는 시간도 아까워서 반나절 가까이 머리를 파묻고 공부에 열중하는데 누군가 내 어깨를 두드렸다. 노트 필기 소리가 시끄럽다든가, 숨소리가 거슬린다든가 하는 식의 시비일 거란 예상에 마뜩잖은 얼굴로 돌아보는데, 국어 수업에서 본 적 있던 한 남자가 배시시 웃으며 뭔가를 내밀었다. 주황색 능소화가 서너 송이 달린 줄기와 작은 메모였다.

꽃이 만발한 계절이에요.

이게 뭐지 싶어 남자와 눈을 맞추자, 남자는 다른 손에 있던 캔 커피를 마저 주며 메모를 뒤집었다. 거기에 또 다른 문장이 나타났다.

지나간 시간은 다시 오지 않아요. 커피 한잔할 동안만이라도 계절을 즐겨봐요.

미처 어떤 반응을 보일 틈도 주지 않고 남자는 자리

를 떴다.

그때의 내게 계절이나 그것에 따른 변화는 전혀 관심을 끄는 일이 아니었다. 시간이 지나면 반복되고 언제든 다시 볼 수 있다고 여겼다. 하지만 꽃가지 하나로 인해 평소엔 보지 못한 뭔가를 발견한 느낌이었다. 꽃가지를 전해준 그 남자도 궁금해졌다. 하지만 내겐 그걸 좇을 여유가 없었다. 그저 흘려보내야 했다.

임용고시에 합격한 날, 그 사람이 다시 나타났다. 정식으로 사귀자는 고백에 나는 기다렸다는 듯 응했다. 그리고 그날 밤 떨어지는 유성우를 보자며 강원도 영월의 천문대로 차를 몰았다.

"사귄 첫날부터 강원도 천문대라니. 만약 승낙하지 않았으면 어쩌려고 그랬어요?"

"음…. '이번에 보지 않으면 죽을 때까지 다신 못 보는 마지막 유성우니까, 나랑 사귀지 않아도 그건 보러 가자.'라고 다시 설득했겠지?"

"정말요? 다신 못 보는 유성우예요?"

"아냐, 그럴 리가. 유성우야 언젠가 또 쏟아지겠지.

하지만 시험 합격 소식으로 네가 가장 기쁠 때 그 별들을 볼 수 있는 순간은 지금이 유일하잖아. 네가 가장 행복할 때, 더 큰 행복을 느끼게 해주고 싶었어."

느리지만 조곤조곤하게 설명하는 그의 얼굴을 한참이나 바라보았다. 그와 함께라면 나에겐 불가능했던 '현재를 즐기는 삶'이 가능할 것 같았다. 그의 여유를 나도 배울 수 있다면, 내 삶에 끌어올 수 있다면 나의 미래도 달라질 것 같았다. 그런 내 생각을 증명이라도 하듯 내 일상을 구성하던 한 가지가 바뀌었다.

어머니가 떠나고 수없이 반복해서 꾸던 꿈이 하나 있었다. 나는 어둠으로 가득한 어느 공간을 정처 없이 헤맨다. 시야가 온통 캄캄해서 답답하기도 하지만, 정작 내 불안을 가장 고조시키는 건 맨발바닥에 닿는 바닥이다. 축축하고 진득거리는 오물로 뒤덮인 느낌 때문인데, 그 알 수 없는 이물질의 감촉이 너무 싫고 끔찍하다. 이 어둠 속에서 내가 왜 신발을 신고 있지 않은지, 신발을 어디에 뒀는지 기억해 내려 애쓰며 정신없이 돌아다닌다. 발바닥이 조금이라도 덜

닿게 하려고 까치발로 뛰지만, 그럴수록 바닥의 오물은 살아 있는 생명체처럼 덩어리가 되어 발을 타고 오른다. 묵직한 힘으로 내 몸을 아래로 끌어내리며 오물 속으로 끝없이 당긴다. 나는 결국 몸이 파묻힐 지경에 이르러서야 극도의 두려움에 사로잡힌 채 깨어났다.

그런데 그와 사귀고 얼마 후부터는 그 꿈을 꾸지 않았다. 아니, 정반대의 꿈을 꾸기 시작했다. 빛이 쏟아지는 유채꽃밭 한가운데에 선 나는 발을 포근하게 감싸는 하얀 운동화를 신고 있다. 신을 찾았다는 안도감을 고스란히 만끽하며 내 입꼬리는 하늘을 향해 치솟는다. 주변의 모든 건 화사하게 빛이 난다. 그러면 나는 행복감에 취해 침대에 쏟아지는 햇빛 아래에서 눈을 떴다. 얼굴에는 꿈속에서 지은 미소를 여전히 띄운 채로. 내 딴에는 어머니 없이도 잘 살아왔다고 생각했지만, 혼자라는 불안감이 무의식에 깃들었다가 그를 만나면서 바뀐 모양이었다. 그래서 함께하는 시간이 즐겁고 고맙고 행복했다. 그간의 외롭고 힘든 삶을 보상해 주는 존재라고까지 생각했다. 그때는 진심으로 그렇게 느꼈다.

하지만 그리 오래지 않아 끝은 왔다. 여러 상황과 일을 함께 겪으면서 신선하다고 느꼈던 그의 사고방식이 내가 평생 만들고 다져온 그것과는 너무도 다르다는 걸 깨달았다. 어우러질 수 없다는 것을 인정해야 했다. 느긋하고 여유로운 태도는 게으름으로 보이기 시작했고 낙천적인 성향은 비현실적인 것과 매한가지였다. 사소했던 어긋남은 차츰 몸집을 키웠다. 밥 한 끼를 먹더라도 나는 어떤 메뉴를 언제 먹을지 계획했지만, 그는 즉흥적으로 먹고 싶은 걸 고르고 심지어는 가게 앞에서 마음을 바꿔 헛걸음하는 일도 허다했다.

"오빠, 이러면 시간도 돈도 낭비잖아? 원래 먹기로 한 거 그냥 먹자."

"계획한 걸 지키자고 지금 먹고 싶은 걸 무시하자고? 왜 그래야 하는데? 식비 좀 더 쓴다고 해서 당장 파산하는 것도 아니잖아."

표면적으로는 시간과 돈을 이야기했지만 실제로는 더 근원적인 게 문제였다. 그와 나는 가치 판단의 기준이 확실히 달랐다. 첫 단추를 잘못 꿰면 결국 옷을 제대로 여밀 수 없는 것처럼, 그걸 결정적으로 확인한 사건이 터졌다.

어느 봄날 주말, 우린 공원에서 돗자리를 펴고 노트북으로 영화를 보고 있었다. 한참 동안 같은 자세로 있다 보니 몸이 배겼다. 나는 잠시 자세를 바꾸고 싶어 뒤척이다가 키보드에 음료를 쏟고 말았다.

"어, 어떡해!"

급히 티슈로 닦긴 했지만 혹여 아예 사용하지 못하게 될까 봐 안절부절못했다. 노트북은 내 한 달 월급을 넘어선 가격이었기에 머릿속에선 이미 이 실수가 생활비에 미칠 영향을 빠르게 계산했다. 그런 내 걱정이 무색하게 담담하기 그지없는 남자 친구의 말이 귀를 때렸다.

"이런 일로 뭘 이렇게까지 호들갑이야. 망가지면 새로 사면 되는걸."

호들갑. 새로 사면 되는걸.

그는 고작 그 정도로 대수롭지 않게 여긴 일에 놀라 허둥댄 내가 하등동물이라도 된 듯한 기분이었다. 그 후 남은 시간을 어떻게 보냈는지 기억나지 않는다. 집으로 돌아오는 길에도 머릿속에서 계속 그의 말이 맴돌았다. 어쩌면 처음부터 그런 시선으로 나를 보고 있었을지도 모른다는 생각에 찝찝한 기분이 가시지 않았다. 악몽을 사라지게 해준 고마움은 옅어지고 우리가 관계를 더 이상 잇지 못할 거란 우려가 그 자리를 채웠다.

"그러다 함께 가려고 계획한 휴가가 파투 나면서 이별을 통보하게 됐어. 나는 휴가는 기왕에 조금 긴 일정으로 가보기 힘든 곳을 함께 가고 싶어서, 평소에 몸이 안 좋아도 어지간해선 병가도 쓰지 않고 휴가를 모았어. 하지만 남자 친구는 '지금 당장'의 기분이 중요한 사람이라고 했잖아? 어느 날은 근무하고 있어야 할 시간에 뜬금없이 한껏 신이 나서 전화를 한 거야.

32

아침에 눈을 떴는데 날씨가 너무 좋아서 근교로 드라이브를 갔다는 거야. 아, 그때 그 사람은 교직을 접고 친척 회사에 취업한 상태였거든. 그래서 더 자유롭게 휴가도 낼 수 있었을지도 모르지. …아무튼, 자주 그런 식으로 휴가를 쓰다 보니, 막상 내가 여행할 여유가 생겼을 땐, 그 사람한테 남은 휴가는 없었어."

물론 그 일 하나가 이별을 불러오진 않았을 거다. 내게 무심코 던졌던 말들이 이유가 되었을 거란 생각도 했다.

'어떻게 이런 영화를 보면서 넌 눈물 한 방울을 안 흘려?'

'넌 가끔 감정이 없는 사람처럼 보여.'

'감정 기복이 없는 건 좋은데, 넌 아예 감정이 메마른 것 같아….'

내가 그에게 어울리지 않다거나 부족하다는 말 같았다. 감정을 표현하지 않아서. 표현할 감정이라는 게 없어서.

건우가 고개를 옆으로 기울이며 중얼거렸다.

"어느 쪽으로든 너무 지나치면 안 좋긴 하죠."

난 발끈해 반박했다.

"아니지, 건우야. 나이 서른이 다 되어서도 그 정도로 계획 없이 사는 게 문제였다고 생각해."

"하지만 그분의 생활신조…라고 해야 할까요? 인생은 한 번뿐이고 지나간 시간은 다시 돌아오지 않는다는 생각에는 저도 동의하거든요. 그러니까 무조건 계획대로만 살려고 하기보다는 현재를 즐기자는 발상 자체가 잘못되었다고 생각하진 않아요. 계절에 따라 피고 지는 꽃이 달라지고, 그 시기를 놓치면 다신 못 보는 것도 맞잖아요? 뭐, 좀 과한 비약일 수 있지만…. 음."

건우는 잠시 말을 끊었다가 다시 이었다.

"예를 들어, 제가 만약 교통사고로 갑자기 세상을 떠나게 된다면… 내일 새롭게 피어날 가을꽃을 못 보는 게 엄청 아쉬울 것 같거든요."

젊은 애가 어떻게 이리 세상 다 산 노인 같은 소릴 하나 싶었지만 입 밖으로 꺼내진 못하고 가만히 보기만 했다. 건우는 내 시선이 어떤 의미인지 알아챈 듯 멋쩍게 콧바람을 내쉬었다.

"흐, 저는 세상에 절대적인 진리는 없다고 생각해요. 사람은 각자 다르잖아요? 모두 다른 환경과 문화, 조건에서 살아왔으니 당연히 다른 생각과 사고방식을 가질 수밖에 없죠. 그래서 좋아하는 것도, 싫어하는 것도 다른 거겠죠. 옳다고 믿는 것도 다르고…. 아, 누나 샤워할 때 욕실에서 슬리퍼 신어요?"

뜬금없이 웬 슬리퍼 타령? 어이없어하는 내 표정에 건우가 기다리지 않고 자기 답을 내놨다.

"전 안 신어요. 그런데 의외로 슬리퍼를 신고 샤워하는 사람이 많더라고요?"

"그래?"

가만, 나는 정말 어떻게 하더라? 욕실에서 슬리퍼를 사용하긴 하지만, 샤워할 때 신었나?

"또 있어요. 친구네 집에 놀러 갈 때 잠옷을 챙겨 가야 할까요, 안 가져가도 될까요? 이것도 인터넷 게시판에서 본 건데, 그런 일상에서의 상식? 예의? 같은 것에 대해서도 사람마다 생각이 정말 다르더라고요. 어차피 재워줄 정도의 친한 친구면 잠옷 정도야 빌려 입어도 되지 뭘 챙겨 가냐는 사람이 있는 한편, 그래도 잠옷은 겉옷과 달리 피부에 닿는 물건이니까 속옷과 비슷하지 않냐, 그걸 어떻게 빌려주고 빌려 입느냐, 그런 식으로 각각의 의견에 나름의 논리가 있었어요."

"음… 확실히 정답은 없는 문제라고 봐야겠네. 각자 성격에 따라 판단 기준이 달라지니까."

"맞아요. 그래서 온라인에 성격 테스트라고 돌아다니는 거 보면 한 가지 일에 대해서도 정말 다양한 선택이 있잖아요."

나에겐 당연하다고 생각하는 삶의 방식이 다른 사람에겐 그렇지 않은 경우가 있다. 문득 성격 말고도 사람의 행동을 결정하는 다른 요인이 떠올라 말을 보탰다.

"개인의 성격 차이로 행동이 달라질 수도 있지만, 태어난 나라나 살아온 문화에 따라 달라지기도 해.

너 그거 들었어? 뉴질랜드에서는 설거지할 때 세제 푼 물에 그릇을 담갔다가 그걸 헹구지 않고 그대로 닦기만 한다더라?"

"오, 들은 적 있어요! 이유는 정확히 모르지만 그 나라 사람들은 그게 바른 세제 사용법이라고 생각한 이유가 있겠죠. 거기선 모두 그렇게 하니까 그런 사용법이 자연스럽게 퍼지고 익숙해졌을 거고요. 근데 아직도 그러려나요?"

"글쎄? 아무튼 그런 식으로 우리가 모르는 다른 예도 엄청 많을 것 같아."

"맞아요. 사실 두루마리 화장지도 거는 방향이 딱히 정해지지 않았잖아요? 화장지가 내려오는 면을 누구는 안쪽으로, 누구는 바깥쪽으로 걸어요. 각자 옳다고 생각하는 방향이 다르단 얘기죠. 혹은 신경을 안 쓰거나."

"아니에요, 강건우 씨! 두루마리 화장지 거는 방법은 사실 답이 있답니다. 처음 특허를 낸 사람이 사용법을 설명하는 그림에 화장지를 당기는 면이 바깥을 향해야 한다고 명시를 해뒀거든요!"

"에? 정말요? 그러면 그건 적당한 예시가 아니었네요, 패스, 패스! 하하!"

건우가 호쾌한 웃음을 터트리면서 동시에 기웃거리며 가게 안을 살폈다. 나도 덩달아 확인했다. 몇 사람이 식사를 마치고 나오면서 자리가 나긴 했지만 우리 차례가 되려면 아직 한 팀, 두 명 이상의 자리가 추가로 나야 했다.

아쉬운 마음으로 다시 건우를 보는데 건우의 어깨 너머로 교복 입은 여학생들이 보였다. 평일 낮에 학생들이 여길 돌아다닌다고? 게다가 아이들이 접어든 골목은 모텔이 많은 우범지대였다. 걱정스럽게 그들이 사라진 모퉁이를 한참 주시하는데 건우가 다시 입을 뗐다. 언제는 패스한다더니 여전히 조금 전의 이야기에서 벗어나지 못한 모양이었다.

"근데요, 또 생각해 보면… 그 발명가가 두루마리 화장지를 발명할 당시에는 그 생각이 맞았을 수도 있지만, 지금은 시대나 상황이 바뀌었잖아요? 그 사이 지금에 적합한 방법은….”

하지만 골목으로 사라진 여학생들이 다시 나타나자, 내 신경은 온통 그들에게 쏠렸다. 몸매가 다 드러나는 블라우스에 원래도 짧았을 치마를 허리에서 여러 번 접어 더 짧게 만든 복장 때문이었다. 어떤 아이들일지 빤하다는 생각에 나도 모르게 눈살을 찌푸리며 말했다.

“저렇게 규율을 깨는 애들은 자신들이 지금 뭐라도 된 듯 착각하지만 사회에 나가보면 알게 될 거야. 자기들도 보통 사람들과 별반 다를 게 없다는걸. 아니, 오히려 지금의 시간을 저렇게 보낸 걸 반드시 후회하게 될 거야.”

저들처럼 어긋난 행동을 하던 학생들이 생각났다. 그리고 자연스레 연상된 다른 학생에 관한 기억도 축축한 기운을 머금은 채 떠올랐다.

“일차적으로 저런 애들이 문제긴 하지만, 쟤들이 괴롭히는데 그걸 당하고만 있는 애들도… 사실 난 이해하기 힘들어.”

강경한 내 말투 때문인지, 건우가 눈을 동그랗게 뜨곤 목소리를 낮춰 물었다.

　"누나 설마… 학폭 피해 학생을 말하는 거예요?"

　"교사로서 적절치 않은 말이라는 거, 나도 알아. 하지만 요즘 애들은 정신적으로 너무 나약한 것 같아. 나도 고등학생 때 날 괴롭히던 애들이 있었어. 엄마가 가출하면서 내 생활은 보통의 아이들과 다를 수밖에 없었으니까. 공부도 힘든데 아르바이트에 집안일까지 혼자 하면서 시간이 절대적으로 부족했어. 그런 티는 어떤 식으로든 드러날 수밖에 없었고."

　지친 몸이 가장 먼저 포기하는 건 씻기였다. 어쩔수 없었다. 배고픈 건 참을 수 없지만 씻지 못해서 괴로운 건 크지 않았으니까. 하지만 타인에겐 반대였다. 아이들은 내가 굶은 건 알지 못해도 씻지 않은 건 하루 이틀만 걸러도 귀신같이 알았다. 처음엔 가까이 오지 않는 정도였지만, 나중엔 장난을 가장해 물을 뿌리거나 '나처럼 냄새나는' 쓰레기를 책상 서랍에 넣거나 자리에 쌓아두었다.

"처음엔 일이 커지는 게 싫어서 가만히 있었어. 그냥 내가 무시하면 된다고 생각했으니까. 하지만 시간이 갈수록 애들은 놀이처럼 나를 괴롭히더라? 갈수록 강도는 심해지고 횟수는 많아졌어. 나아질 기미가 보이지 않았지. 결국 난 그대로 두면 안 되겠다고 판단했어."

"선생님께 말씀드렸겠군요?"

"아니. 선생님은 일시적인 도움은 줄 수 있었을지 몰라도 그렇게 해결되진 않을 것 같았어. 내 일이니까 해결도 내가 해야 한다고 판단했어. 엄마마저 날 버렸는데 내가 누구한테 의지하겠어? …그리고 어차피 애들이었잖아. 걔네가 나를 따 시키고 쓰레기를 모아 붓고 욕을 하고 물을 뿌리면 나도 똑같이 응대해 주면 된다고 생각했어. 아니, 걔네는 여럿이고 나는 혼자였으니까 걔들보다 더 목청을 높이고, 더 많은 쓰레기를 던지고, 온갖 욕을 질러줬지…."

급기야 몸싸움까지 벌였다. 그때 나는 가장 앞장서서 나를 괴롭히던 아이의 목을 죽기 살기로 움켜잡고 내가 낼 수 있는 최대의 힘으로 그 목을 졸랐다. 여럿이 달려드는 상황에서 내가 돌파구로 찾은 유일한 방법이었다. 정당방위였다고 생각하지만 건우는 어떻게 생각할지 몰라서 그 얘기까진 하지 않았다.

건우가 착잡한 기운으로 호응했다.

"누나는 그래도 스스로를 지킬 만큼 강했네요. 그 덕에 그때를 무사히 넘기고 어른이 되었을 거고요."

하지만 바로 단호한 투로 덧붙였다.

"그런데요, 아까 얘기하던 내용과도 일맥상통한다고 볼 수 있는데… 사람들은 생각과 성격이 각자 다르잖아요. 같은 상황에서도 판단과 선택이 천차만별이고요. 아무 생각도 하지 말라는 지시에 누군가는 하얀 백지를 떠올리고 누군가는 광활한 우주 공간을 떠올린대요. 누난 태생적으로 타고난 건지 환경에 의해 바뀐 건지 모르겠지만, 어쨌든 남다른 강인함이 있어서 그런 상황도 자기 힘으로 벗어날 수 있었을 거예요. …하지만 다수의 어린 친구들은 누나처럼 그러기가 쉽지 않죠, 아마 못할 거예요. 게다가 누나가 학교 다니던 시절의 학폭과 지금의 학폭은 양상이나 심각성 면에서도 상당히 다르고요."

건우가 숨을 고르더니 좀 더 결연한 눈빛으로 다시 입을 열었다.

"그러니까 지금의 아이들이 정신적으로 나약해서 그런 일을 해결할 수 없다는 식의 말은, 그런 상황으로 힘든 아이들에게 더 큰 상처가 될 수 있으니까 조심하셔야 돼요."

"아… 그게, 나는…. 그 아이들에게 뭐라 한 게 아니라, 그냥 너한테 내 경험을…."

반사적으로 구차한 말이 튀어 나갔지만 변명의 여지가 없다는 사실을 나도 알기에 말을 이을 수 없었다. 몇 년 전, 누군가에게 실제로 그런 상처를 줘놓고선 여전한 내가 부끄러웠다. 자책감에 얼굴이 확 달아오른 게 느껴져서 급히 화제를 돌렸다.

"근데 건우 넌 상당히 섬세하구나? 전혀 체대생 같지가 않아."

"네? 체대생이라니요?"

그때 가게에서 식사를 마친 손님 대여섯이 우르르 나왔다. 드디어 우리 순서겠다 싶어 앞장섰다.

"자리 났다! 이제 우리 들어…!"

"여, 여보세요? 아, 네! 바로 가겠습니다!"

건우가 이어폰을 낀 귀에 손을 대더니 내게 인사하는 눈짓을 했다. 뭐라고? 한참을 기다리다 이제 겨우 들어갈 참인데 간다는 얘기야?

"미안해요, 누나! 아, 이따 5시? 그때쯤 다시 봐요. 저기, 도림천 신림교 아래요!"

"어? 야아! 강건우!"

소리쳐 불렀지만 건우는 이미 신림역 방향으로 뛰고 있었다.

허탈한 마음에 혼자라도 먹으려고 가게 문 앞까지 갔지만 식욕이 돌지 않아 몸을 돌렸다. 가게를 떠나면서도 기분이 별로였다. 식사도 식사지만 원래 목적인 꽃거지에 관한 정보를 얻을 시도조차 못 하고 시간만 허비한 상황에 짜증이 났다. 강건우 너… 잘생겨서 이번 한 번은 봐준다. 이따 두고 보겠어.

도림천, 신림교

시간에 맞춰 약속 장소에 도착했다. 도림천은 관악산에서 시작해 한강 지류인 안양천으로 합류하는 작은 내로, 신림역에서의 접근도 쉽고 산책로가 잘 정비되어 있어서 나도 주말이면 자주 찾던 곳이었다. 그런데 오늘은 도림천에도 인파가 예전만큼 많지 않았다.

이번엔 건우가 먼저 와 기다리고 있었다. 신림교 계단 기둥에 몸을 반쯤 기댄 건우는 젊은 애들이 으레 그러듯이 휴대폰 화면을 보느라 정신이 나가서 내가 가까이 가도 전혀 모르는 눈치였다. 문득 장난기가 발동해서 더욱 기척을 낮춰 다가가 놀래줬다.

"웍!"

소리와 동시에 어깨를 건드리려 손을 뻗는데, 건우

가 순식간에 몸을 틀어 피했다. 0.1초의 반응 속도. 역시 체대생은 다르구나 싶어 감탄하는데 건우의 표정이 심상치 않았다. 하얗게 질린 얼굴에 내가 외려 머쓱했다.

"강건우, 뭘 그렇게 경기라도 일으킨 것처럼 놀라니? 사람 무안하게. …그나저나 역시 체대생이라 그런지 반응 속도가 장난 아니네?"

"아, 죄, 죄송해요. 휴대폰으로 뭐 좀 확인하느라 정신이 팔려서…."

그러나 건우는 바로 고개를 갸웃하며 물었다.

"근데 누나, 방금 뭐라고 하셨죠? 체대생이요? 아까 라멘 가게에서도 그런 말 하지 않았어요?"

"어, 너 체대생이잖아. …아니야?"

"네에? 아우, 도대체 그런 확신에 찬 발언의 근거는 뭐예요? 제가 운동을 열심히 해서 몸이 좋은 편이긴 하지만 무턱대고 체대생이라뇨. 하하하."

건우가 크게 웃음을 터트리며 산책길로 올라섰다.

"저, 그림 그려요. 남들과 조금 다른 이유가 있긴 하

48

지만 어쨌든 미술 전공이에요, 체육이 아니라."

"앗, 정말? 미대생이었어? 세상에, 미안! 난 네가 체격이 좋아서 당연히 체대생이라고 넘겨짚었어."

"네, 네. …솔직히 말하면 사실 그런 오해 가끔 받긴 해요. 누나처럼 아예 단정한 사람은 처음이지만."

"미안! 내가 좀 담정녀야, 미안해."

제대로 알아보기 전에 어떤 결론을 미리 내버리는 일은 내가 빈번히 저지르는 실수였다. 홀로 생활한 기간이 살아온 생의 반을 넘으니 보통 사람보다 타인과의 교류가 적어서 어느 순간부터 혼자 생각하고 결정하는 습관이 생겨버린 것 같다.

그런데 미대생이라는 말에 자연스레 의문이 뒤따랐다.

"잠깐, 그러면… 아깐 무슨 일 때문에 계속 전화를 대기했던 거야? 그나마 네가 체대생이면 댈 만한 이유가 있을 거라고 예상했지만 미대생이라면 도저히 상상이 안 가는데?"

처음엔 멀뚱히 보던 건우가 이내 웃으며 귀에 끼고

있던 이어폰을 빼서 케이스에 넣었다. 반대쪽 귀라 안 보여서 몰랐는데 역시나 지금도 전화가 올까 봐 대기 중이었던 모양이다.

"그게… 제가 대학생이긴 하지만 다른 일도 하는 게 있어서요. 돈은 받지 않으니까 일이라고 하긴 좀 그런가? 아무튼, 그럼 뭐라고 하면 될까나… 일종의 봉사?"

"봉사? 봉사활동?"

무슨 봉사이길래 전화를 상시 대기한단 말인가? 내가 설명해 보라는 눈으로 바라보자, 건우가 머리를 긁적이며 답했다.

"실은 제가 남들과는 조금 다른 능력을 타고났어요. 그걸로 도움이 필요한 분들을 돕고 있거든요."

"남다른 능력…? 아니, 미대생님, 무슨 설명을 그렇게 예술 하듯이 하세요? 변죽만 울리지 마시고 정확하게 얘기를 좀 해봐!"

그때 하필 운동기구가 늘어선 블록에 들어서면서 산책로에 사람이 많아졌다. 건우는 그들이 부담스러운지 머뭇거렸고, 나는 건너편 산책로에는 사람이 거의 다니지 않는 걸 발견했다.

"일단 저쪽으로 넘어갈래? 어차피 꽃거지가 주로 목격된 장소로 가려면 저편으로 가야 하니까."

"아, 맞아요. 바로 건너가죠."

건우가 답하며 돌다리 쪽으로 움직이자 사람들이 일제히 돌아봤다. 확실히 잘생긴 얼굴에 태까지 좋으니 시선이 자연스레 몰리는 게 분명했다. 괜스레 뿌듯해진 마음으로 건우를 따라가는데 돌다리 앞에 다다른 건우가 막상 움직이질 않았다.

"왜? 물에 뭐라도 있어?"

"그게… 실은 제가 이런 돌다리를 잘 못 건너서…."

"뭐? 설마, 진짜야?"

건우처럼 건장한 청년이 얕은 냇물에 놓인 돌다리를 두려워하다니 처음엔 농담인가 싶었다. 하지만 건우의 긴장한 표정이 사실임을 증명하고 있었다.

그러고 보니 나도 그런 걸 두려워하던 때가 있었다. 이런 개울에서는 발을 헛디뎌도 고작해야 신발이나 젖는 정도일 텐데 어느 여름날 직접 경험하기 전까진 그런 생각을 하지 못했다. 아니, 머리로는 알았더라도 확인한 적이 없어 생긴 두려움은 전혀 다른 얘기였다. 세상의 많은 일이 막상 겪으면 별 게 아닌데도 경험하기 전에는 이상하게 두렵기 마련이다.

길지는 않았지만, 건우와 시간을 보내면서 내 편협한 사고방식을 새삼 깨닫고 다르게 생각해 볼 수 있어 고마운 차였다. 이번엔 내가 도울 기회가 온 것 같아서 조금 흥분한 상태로 건우를 지나쳐 첫 번째 돌 위로 올라섰다.

"돌다리를 건널 때 빠르게 흐르는 물살을 보면 당연히 두려울 수 있어. 발을 조금만 잘못 디뎌도 물에 빠질 것만 같지. 그러면 무서운 게 당연해. 하지만 건우야, 그럴 땐 시선을 조금만 들어서 살짝 멀리 봐봐. 거기엔 네 발을 받아줄 다음 돌이 기다리고 있거든. 단단하고 묵직한 그 돌은 어지간해선 흔들리지 않아. 이미 앞선 사람들이 수없이 그걸 딛고 건넜으니까 그 덕에 이미 단단하게 그 자리에 박혀 있는 거거든. 넌 그걸 믿고 보폭을 조금만 더 넓혀서 건너면 돼. 다음 돌에 맞춰서, 이렇게!"

그렇게 다음 돌 위로 올라섰다. 박자에 맞춰 발을 번갈아 딛자 금세 건너편에 도착했다. 건우를 돌아보며 덧붙였다.

"그리고 기억할 게 하나 더 있어. 물줄기가 두렵다고 중간에 멈추면, 물이 불어났을 때 그곳에 갇히게 된다는 사실 말이야. 그러니까 한번 발을 뗐으면 멈추지 않고 계속 움직이는 거야. 앞으로, 하나씩. 자, 해봐, 건우야!"

내 말을 듣는 동안엔 얼뜬 얼굴이었던 건우가 고개를 세차게 끄덕이더니 입을 앙다물었다. 돌다리를 한 칸씩 차례로 주시하다가 이내 긴 다리로 성큼성큼 건너 순식간에 내가 선 곳에 다다랐다.

"뭐야, 넌 다리가 길어서 애초에 나보다 훨씬 수월한 거였잖아? 아, 괜히 자존심 상하는데?"

"하하하, 죄송해요! 그래도 누나가 가르쳐주지 않았으면 이 긴 다리로도 바들바들 떨면서 한참 걸렸을 거예요. 고마워요, 누나. 그리고 방금 해준 말은 이런 돌다리가 아니어도 앞으로 살아가는 데 꽤 도움이 될 것 같은 느낌적 느낌? 하하하!"

건우의 웃음에 나도 절로 웃음이 났다.

뿌듯한 마음으로 돌다리에서 이어진 계단을 올라 산책로로 들어서는데 갑자기 빠른 속도로 앞을 스친 뭔가에 부딪칠 뻔했다. 급하게 뒷걸음질하고 보니 교복을 입은 여학생 몇이 술래잡기라도 하는지 쫓고 쫓기며 달려가고 있었다. 놀란 가슴을 진정시키며 마땅찮게 그들을 노려보는데 맨 앞에 달리는 학생이 가슴에 안은 과자가 익숙했다. 달콤한 감자칩 과자. 한때 크게 유행하면서 품귀 현상까지 빚었다가 지금은 인기가 시들해져서 떨이로 판매되는 제품이었다. 몸집은 커졌지만 과자 하나에 저렇게 달음박질하는 아이들의 치기가 귀여웠다.

그런데 여학생들이 멀어진 후에도 빨라진 심장박동은 가라앉지 않았다. 갑자기 놀라서일까? 오랜만에 추억이 서린 과자를 봐서일까? 확신할 수는 없지만 둘 다 답은 아니란 예감이 들었다. 무언가를 잃어 버렸는데 그게 무엇인지는 모르겠는, 그러나 그게 몹시도 중요한 거라는 사실만은 아는 묘한 기분. 목 언저리가 꽉 막힌 것 같았다.

"…나? 누나? 괜찮으세요?"

"어? 아, 미안."

건우의 목소리에 꿈에서 깨듯 정신을 차렸다. 혼란 스러운 느낌은 순식간에 사라졌다.

"다시 가볼까요? 저쪽으로?"

건우와 함께 봉림교로 향하는 녹색 우레탄 길을 걸 었다. 햇볕이 쏟아지는 건너편에 비해 이쪽 산책로는 그늘지고 인파도 없어 스산하기까지 했다. 힐끔 올려 다본 건우의 표정이 편안해 보여서 이때를 놓칠세라 물었다.

"그래서? 아까 하던 얘기 마저 해봐. 네가 무슨 능력 을 타고났길래 사람들을 도와준다는 거야? 어떻게?"

"…누나, 미처 몰랐는데 상당히 집요하시네요?"

"이보세요, 미대생 강건우 씨. 제가 이래 봬도 질풍

노도의 10대 청소년을 가르치는 중등 교사랍니다! 요리조리 말 피하는 것에 말릴 사람이 아니거든? 자, 어서 솔직히 털어놔 봐."

"알겠어요. 그러면, 흠흠. 누나가 믿으실지 모르겠지만…."

건우가 목을 가다듬고 걸음까지 멈추더니 몸을 돌려 마주 섰다. 의미심장한 표정이 심상치 않았다. 나는 잔뜩 긴장한 채 건우의 말을 기다렸다.

"실은 저는 영혼을 볼 수 있고 그들과 소통할 수 있어요."

"…응? 뭐?"

너무 황당해서 한 박자 늦게 반응했다. 하지만 건우는 자기 할 말은 다 했다는 듯 더 대꾸하지 않았다. 건우의 말을 되새긴 후 내 머리로 내릴 수 있는 결론을 되물었다.

"너 혹시 최근에 〈식스 센스〉라도 봤니?"

"그게 뭔데요?"

이번엔 건우가 황당하다는 얼굴로 물었다. 아, 그

영화가 건우가 태어나기 전에 나온 영화였나? 하지만 한없이 진지한 얼굴로 말도 안 되는 소리를 하는 젊은이를 어떻게 대해야 할지 감을 잡을 수 없었다. 얘, 얼굴은 멀쩡한데 사실은 정신이 좀 이상한 건가? 나 혹시 잘생긴 미친 애한테 잘못 걸린…?

내 생각을 읽기라도 한 건지, 건우가 한숨을 내쉬었다.

"후, 역시 믿지 못하시는 것 같은데 일단 설명은 해 볼게요. 음… 우리가 살다 보면 간혹 이해할 수 없는 일이나 사건을 맞닥뜨리는 경우가 있잖아요? 과학으로는 설명되지 않는 기괴한 사건이나 사고들 말이에요. 그건 죽은 영혼이 개입했기 때문이에요. 그래서 일반적인 상식으로는 납득이 안 되는 상황이 발생하는 거죠. 제가 하는 일이 그런 사건 사고를 해결하는 거예요. 영혼과 이야기할 수 있으니까 그들로부터 진술을 모으고 사건을 새로운 시각에서 조사하는 거죠. 일명 영매 탐정… 이랄까요."

"영매 탐정?"

여전히 진담인지 농담인지 구분이 되지 않아서 건우의 눈을 직시한 채 따라 말해보았다. 진지한 건우의 눈빛에 장난은 아니라고 판단한 순간 머리에 가설이 하나 떠올랐다.

"그, 그러면! 네가 나랑 꽃거지를 찾는 것도 혹시 어떤 사건과 관련된 거야?"

"맞아요. 그런 셈이죠."

나는 영혼, 즉 귀신의 존재를 믿지 않았다. 아니, 믿느냐 마느냐의 문제가 아니라, 살기에 바빠서 그런 데에 관심을 둘 여력이 없었다고 보는 게 맞다. 그렇지만 그런 존재를 볼 수 있고 소통도 하면서 미스터리한 사건까지 해결한다고 주장하는 당사자가 눈앞에 있는 상황에선 당연히 없던 호기심도 생겨날 수밖에 없었다.

"네 말이 진짜면, 그럼 네가 '소통한다'라고 하는 건 무당이 점을 치는 것과 비슷하겠네? 그 방식이나 원리가?"

"흠, 글쎄요. 무당이나 다른 영매들이 영혼과 어떻

게 소통하는지는 잘 몰라요. 다만 제가 하는 방식을 설명하자면… 영혼의 생각이나 마음을 상당히 짧은 순간, '찰나'라고 할 만한 그 순간에 공유받는 방식이에요. 상대의 기억이나 생각이 영상이나 사진처럼 휙, 하고 보이면서 제가 직접 그들의 시각으로 본 것처럼 인지하는 거예요, 마치 긴 영화 한 편을 1초 만에 빠르게 돌려서 보는 것처럼. 하지만 매번 그런 건 아니고요, 때론 보통의 대화처럼 진행될 때도 있어요. 지금 누나랑 제가 이야길 나누는 것처럼요."

"와아, 진짜 신기하다! 언제부터 그런 게 가능했어? 타고난 거야?"

"아마도요? 어떤 사람들은 수행을 통해서 이런 경지에 이르기도 한다는데 저는 어렸을 때부터 자연스럽게 된 걸로 기억해요. 그래서 아주 어릴 때 누가 사람이고 영혼인지 구분을 잘 못 했어요, 저한텐 다 똑같이 보였으니까요. 저 말고 다른 사람은 영혼을 볼 수 없다는 걸 모르다 보니 이상한 오해를 사기도 하고 사고도 쳤죠. 나이가 좀 들고서야 사람과 영혼을 구분할 수 있게 됐고 이후엔 그들을 잘 다루기 위해 공부도 했어요. 영혼을 보고 소통하는 건 타고났지만 그들에게 휘둘리지 않게 몸과 마음을 수련하는 것도 필요했거든요. 덕분에 다행히 지금처럼 안정이 된 상태로 지낼 수 있는 거고요."

건우의 설명에 내가 경험한 의심스러운 일화를 떠올렸다. 세월이 지나면서 기억 한구석에 묻었지만 여전히 의문으로 남은 그 일도 어쩌면 비슷한 경우가 아닐지 확인하고 싶었다.

"혹시 말이야, 그런 존재들. 그러니까 네가 말한 그 영혼이… 일반인에게도 모습을 드러낸다거나, 사람들을 시험한다거나, 그러기도 해?"

"음? 무슨 말인지 모르겠는데요. 한번 자세히 설명해 줄 수 있어요?"

"그러니까 무슨 얘기냐면…."

몇 년 전, 나는 작은 수술을 받았다. 아주 중한 병도 아니었고 엄청나게 위험한 수술도 아니었지만 난생

처음 전신마취를 하는 수술이었기에 만에 하나 잘못되어 깨어나지 못하면 어떡하나 무서웠다. 그런데 수술을 앞둔 주말 낮, 장을 봐서 돌아가던 골목에서 누군가 이미 지나쳐 간 나를 불러 세웠다.

"저기요, 아가씨."

다른 사람은 더 없었다. 평소에 비해 유난히 조용했던 주위가 묘한 느낌을 주었기에 더욱 선명하게 기억에 남았다.

답 없이 고개만 돌려 그 사람을 확인했다. 30대 초중반으로 보이는 남자는 작은 키에 단단해 보이는 몸집이었지만 얼굴빛은 거무튀튀하고 초췌했다. 검은 정장 바지에 비슷한 색의 낡은 가죽 재킷을 입었는데, 소매 끝이 닳아서 하얗게 일어난 보풀이 도드라져 보였다.

남자는 다짜고짜 주머니에서 꺼낸 지갑의 텅 빈 속을 내게 보여줬다.

"제가 아직 세 살도 안 된 아들이 하나 있거든요. 근데 지금 이렇게, 돈이 하나도 없어요. 애 엄마는 진즉

집을 나갔고…. 아침부터 노가다라도 하려고 나왔다가 결국 일을 잡지 못해서 집에 돌아갔더니 애가 부엌을 뒤져서 고추장을 떠먹고 있더라고요. 세 살짜리 애가… 엄청 매웠을 텐데 배가 얼마나 고팠으면…. 그래서 바로 나와서 근처 식당에서 맨밥이라도 좀 얻어보려고 했는데 다들 거절하셔서.”

남자의 목소리는 어느새 울음을 머금고 있었다. 성인 남성이 처음 보는 자기보다 어린 여자 앞에서 빈 지갑을 내보이며 눈물을 흘리는 상황은 내가 직접 겪고 있으면서도 위화감이 느껴졌다. 사기꾼은 아닐까 의심도 들었지만 격해진 감정으로 얼굴이 붉어진 남자의 눈에서 흐르는 눈물은 그게 실제라고 믿게 만들었다.

남자는 손등으로 거칠게 눈물을 훔쳤다.

“그래서 말인데요, 정말 죄송하지만 즉석밥 하나 살 돈이라도 도와주실 수 없을까요? 애가 너무 불쌍해서… 아빠가 되어서 뭐라도 해야겠어서, 실례지만 부탁드려 봅니다….”

그동안 살아오면서 내가 누군가를 도울 일은 많지 않았다. 이 사회에서 가장 취약한 부류에 속한 사람이 다름 아닌 나였으니까. 그런 내게 도움을 청하는 사람은 되레 나쁜 맘을 먹은 사기꾼일 가능성이 높았지만 이 남자는 그런 부류일 리 없다고 확신했다. 나를 처음 보기도 했고 고작 몇천 원을 위해 사연을 지어내고 눈물을 보이며 구걸하지는 않을 것 같았다. 내가 임용고시를 준비하며 통장 잔액이 줄어드는 것에 마음 졸이던 당시의 심정도 떠올랐다. 기댈 곳 없던 형편에서 유일한 희망인 미래를 위해 공부했지만, 안간힘을 써 비축한 생활비가 하루하루 사라져 가는 걸 하릴없이 확인할 때의 무력감과 절망감이 되살아나 가슴을 묵직하게 눌렀다.

당장 가지고 있던 현금을 모두 건넸다. 그래봤자 만 5천 원 정도였지만 행여나 싶은 걱정에 당부했다.

"꼭 아들 밥 챙겨주셔야 해요! 다른 데 쓰시면 안 되는 돈이에요, 이건!"

"네, 네! 꼭 그럴게요!"

남자가 허리까지 깊게 숙여 고마움을 표했다. 그 모습이 부담스러워서 다급히 자리를 뜨는데 등 뒤로 목청을 높인 외침이 들렸다.

　"고마워요, 아가씨! 우리 애가 정말 좋아할 거예요! 복 받으세요!"

　그 뒤로 남자를 다시 본 적은 없다. 동네 사람일 테니 오가다 한두 번 봤을 법도 한데 그런 일은 없었다. 그래서 시간이 지날수록 당시의 일이 비현실적으로 느껴졌고 내가 정말 겪은 일이 맞는지 의심까지 들었다. 주말 대낮이면 항상 사람이 한두 명쯤은 지나던 골목에 그 남자와 나만 있던 시간, 그 고요한 순간이 시간이 흐를수록 마치 꿈이었던 것처럼 기묘한 느낌을 더했다.

　"그래서 난 혹시나, 사실 말도 안 되지만, 그날의 일이 다른 세상의 존재가 나를 시험한 건 아니었을까 하는 생각이 들었어. 자칫 깨어나지 못할지도 모를 수술을 앞두고 있었으니까 그 시험의 결과로 내 생을 지속시킬지 말지를 그 존재가 결정하려던 건 아닐까, 하고 말이야."

근거도 없고 평소의 나라면 그런 비이성적인 발상은 하지도 않았을 테지만, 너무도 괴이하게 느껴졌던 그날의 경험은 내가 건우의 주장도 가능하리라 믿게 만들었다. 건우에게 정말 그런 능력이 있다면 저런 황당한 발상도 확인해 줄 수 있지 않을까 싶었다.

"글쎄요, 제가 직접 겪은 게 아니라 쉽게 단정하긴 어렵지만…. 실은 죽어서 일반적인 영혼, 그러니까 보통 사람이 귀신이나 유령이라고 부르는 존재로 바뀌는 것 외에도, 살아 있을 때 이미 충분히 수행한 덕에 특별한 힘을 가진 채 세상에 머무르는 존재도 있긴 해요. 바로 우리가 신(神)이라고 부르는 존재들이죠. 굳이 가능한 상황을 엮어보자면 누나가 만난 그 남자가 그런 신 중 한 분이셨을 수도 있죠. 원래는 영혼을 보지 못하는 누나가 그런 느낌까지 받았다면 그 신이 자신의 의지로 누나 앞에 모습을 드러낸 걸 수도 있어요. 만약 정말로 그런 거라면, 누나가 어릴 때부터 혼자서 어려운 상황들을 꿋꿋이 극복해 온 걸 아니까 수술이 잘되도록 응원해 주고 축복해 주기 위해서 나타나신 게 아닐까 싶네요. 누나가 생각한 시험이라기보다는? …어차피 확신은 없어요, 저도 누나 말만 듣고 유추한 것뿐이니까."

"신이라면… 예수님이나 부처님 같은 신을 말하는 거야?"

"아니요, 그분들과는 달라요. 저희 같은 사람이 말하는 신은… 흠, 어떻게 설명드리면 되려나."

잠시 입을 닫고 눈을 굴리던 건우가 말했다.

"원래는 보통 사람이었지만 현세를 사는 동안 도를 닦고 덕을 쌓아서 육체는 사라져도 혼만으로도 실체 이상의 에너지를 가진 존재를 말하는 거예요. 역사적으로 유명한 분 중에 그런 경우가 많은데 그분들은 시간과 공간을 넘어 세계를 꿰뚫어 봐요. 이순신 장군님이나, 세종대왕님이 가장 대표적이라고 할 수 있겠네요. 그렇지만 저 같은 영매도 그분들은 쉽게 만날 수 없어요. 그분들이 자기 의지로 제게 모습을 보이겠다는 결정을 해주셔야 저도 볼 수가 있으니까. 하지만 그렇게라도 만날 수만 있다면 정말 축복받은 느낌일 거예요. 마주하는 잠깐의 찰나만으로도 상상할 수도 없는 지혜와 미래를 볼 수 있… 에? 누나, 지금 제가 무슨 말을 하는지 이해하기 힘드신 것 같네요? 아니면 웬 사기꾼이 헛소리를 하나 싶으신 건가, 하하하."

내 표정에 그런 마음이 그대로 드러난 건지, 건우가 영혼이 아닌 사람의 마음도 읽는 능력이 있는 건지 모르겠지만, 건우의 예상이 맞았다. 말이 안 되는 그 설명이 몇 문장 더 이어졌다면 나는 건우를 사기꾼으로 단정하고 자리를 떴을지도 모른다. 건우의 세계를 내가 이해하기 쉬운 방식으로 알고 싶어서 질문을 바꿨다.

"그러면 네가 영매 탐정으로 해결하는 사건은 어떤 것들이야? 사례가 있을 거 아냐?"

"음, 뭐가 좋을까요. 아! 어린아이에게 붙어서 몸을 탈취하려던 악귀를 달래서 성불시킨 적이 있고…. 갑

자기 말을 못 하게 된 소녀의 경우에는 죽은 친구가
집착해 떠나지 않는 줄 알았는데 이면에 살인 사건이
숨겨진 걸 밝혀내기도 하고….”

“와아, 정말? 그런 일까지 할 수 있구나. 확실히 경
찰이나 보통의 탐정은 하지 못하는 일이네. 그럼 사
례금으로 돈도 많이 벌겠다?”

감탄해서 무심코 던진 말이었는데 건우가 얼굴을
정색하며 반박했다.

“아니요! 돈이라니요? 저 그런 거 받으면 큰일 나
요! 아무리 봉사 차원에서 도움을 주는 일이어도 타
인의 삶에 개입하는 것 자체가 저한테는 업으로 쌓여
요. 순리에 맞춰 흘러가는 운명에 제가 끼어드는 거
잖아요. 원래 세상은 그런 간여를 불편해해요. 좋은
일도 나쁜 일도 다 이유가 있는 거고 그걸 겪어야 하
는 건데, 제가 그걸 건드리면서 돈까지 받으면! 어우,
그 업들이 쌓이면 제가 제명에 못 죽는다고요! 그러
니까 그런 무서운 말은 하지도 마세요, 절대로!”

건우는 눈을 감고 진저리를 치더니 바로 두 손을

가슴에 합장했다. 이어 정체를 알 수 없는 언어로 주문 같은 걸 읊조렸다. 하지만 금세 언제 그랬냐는 듯 담담한 표정으로 다시 걸음을 뗐다.

건우 옆으로 따라붙으며 마저 물었다.

"참, 아까 네가 그랬잖아? 너처럼 타고난 사람이 아닌 경우도 수행하면 영혼을 보거나 소통할 수 있다고. 그러면 나도 수행하면 할 수 있어?"

"보통은 가능하다고 알려져 있지만 사람마다 달라서 저도 확답은 못 해요. 사실 저희 엄마도 예전부터 엄청 시도하셨지만 여전히 못 보시거든요."

"넌 타고났는데 어머님은 전혀 안 되신다고? 희한하네, 어쩐지 그런 능력은 핏줄로 이어질 것 같은데. 영화나 드라마 보면 그렇잖아?"

"아, 영화…? 흐, 사실 저도 그래서 제 능력이 어떻게 발현된 건지 모르겠어요. 아무튼 저희 엄마도 노력해 보긴 하셨는데, 결국엔 안 되셨어요. 그래서 지금은 포기하고 저한테만 끊임없이 질문을…."

"근데 어머니도 되게 특이하신 분이다? 그걸 또 직

접 시도해 보시다니."

"아, 판타지 소설가시거든요. 원래는 다른 일들을 하다 늦깎이로 데뷔하셨는데 엄마한텐 이런 게 아주 좋은 소재거리니까요."

"우와, 판타지 소설을 쓰신다고?"

신기하게도 건우에게는 질문을 하면 할수록 궁금증이 해결되기는커녕 더 많아지기만 했다.

내 반응에 건우가 어색한 표정으로 설명했다.

"저도 저희 엄마가 좀 신기한 게, 지금도 새로운 뭔가를 계속 배우고 도전하세요. 소설가도 늦은 나이에 되신 거라 그것만 해도 조바심이 날 수 있는데, 엄마는 데뷔 전에 여러 가지 일을 경험하고 글을 쓰게 된 게 운명이라고, 다 이유가 있다고 생각하시더라고요. 어릴 때부터 소설가를 꿈꾸긴 했지만 만약 젊은 나이에 꿈을 이뤘다면 몇 년 못 가서 그만뒀을 거라고 생각하세요. 엄마가 사회생활 초기에만 해도 성격이 상당히 급해서 성과가 즉시 나오지 않으면 직장을 바로 때려치… 아, 아니, 그만두시곤 하셨다나 봐요! 그런데 문학으로 대중에게 인정받고 꾸준히 글을 쓰는 소설가가 되는 건 진짜 힘든 일이잖아요? 빠르게 이루어질 수도 없고요. 늦은 나이에 데뷔한 덕에 오히려 그런 시간을 차분히 버틸 수 있는 인내가 생긴 것 같대요. 뭐, 사실 지금은 맘을 급하게 먹을 기력도 없으셔서 그런 것 같지만… 큭큭."

건우가 주먹으로 입을 가려 웃고는 말을 이었다.

"그래도 저희 엄만 다른 판타지 작가님들보다는 훨씬 조건이 좋은 편이죠! 저만큼 능력 있는 영매를 어디서 만나겠어요? 게다가 자식이니까 궁금한 걸 언제든 물을 수 있잖아요? 글 쓰시다 궁금한 게 생기면 한밤중이든 새벽이든 가리지 않고 제 방문을 벌컥벌컥 열고 물어보신다니까요! 아니, 근데 혈기 왕성한 청년의 방을 그런 식으로 여는 거, 너무 위험하지 않아요?"

불평이었지만 묘한 기쁨이 서린 미소가 건우의 얼굴에 떠올랐다. 철부지 엄마를 사랑스럽게 여기는 아들의 마음이 오롯이 느껴졌다. 나는 자연스레 내 어

머니를 떠올렸다. 나로선 그것과 비슷한 애정을 결코
품을 수 없는 존재를.

가슴이 내려앉는 것 같은 기분에 재빨리 입을 뗐
다. 십수 년 전에 내 삶에서 빠져나간 그녀가 지금의
나를 좌지우지하게 만들고 싶지 않았다.

"등단하신 지 얼마 안 되셨으면 상당히 오랫동안
다른 일을 하셨겠네? 그렇게 준비하셨다면 앞으로
쓸 글들이 상당히 단단하겠다. 기대되는데?"

"어라? 엄마도 그런 식으로 말씀하시는데 신기하
네요! 엄마가 의도하진 않았지만 그동안 쌓은 여러
경험이 글쓰기에 알게 모르게 도움이 된다고 하시더
라고요. 그래서 저한테도 귀에 못이 박히도록 얘기하
시곤 해요. 당장 성과가 안 보이거나 좋은 결과로 돌
아오지 않은 일이라고 해도, 어느 시점, 어떤 방식으
로든 제 삶을 온전하게 만드는 데 도움을 줄 테니까
감사히 여기고 받아들이라고요."

삶을 온전하게 만들 경험이라. 내겐 그런 게 뭐가
있을까 싶어서 떠올려보려 했지만 막연했다.

"엄마가 나이 든 후 돌아보니까 그렇더래요. 어떤 소망이나 일들이 바로 이루어지지 않더라도 그저 때가 아니었을 뿐, 나중에 보면 더 좋은 결과로 돌아오는 경우가 있다고요. 엄마의 첫 단행본도 그렇게 내게 된 거래요. 꿈에 그리던 등단을 하고 이제는 글쓰기에만 매진하겠다고 회사까지 그만뒀는데 정작 신인에게 원고 청탁은 거의 들어오지 않았대요. 그래서 다시 아르바이트라도 하려고 했더니 나이 때문에 자리를 찾기도 쉽지 않고…. 그래서, 에라 모르겠다, 어차피 시간이 생겼으니 글이나 쓰자 결심하고 하루 종일 컴퓨터 앞을 떠나지 않았대요. 그간 쓰고 싶던 글을 한풀이하듯이 쏟아냈대요. 하지만 그 글마저 발표할 곳이 마땅치 않자, 그냥 모아서 독립 출판을 해버리신 거죠. 근데 그 책이 독립 서점을 중심으로 입소문을 타면서 오히려 문단에서 주목받게 되셨어요."

"말 그대로 새옹지마가 되었네?"

"맞아요. 마침 그런 식으로 써놓은 장편 원고도 있어서 다음 책은 여러 출판사의 제안 중에 골라서 출

간할 수 있었어요. 보통 첫 작품이나 첫 책이 나온 후에 후속작이 나오기까지 시간이 걸려서 독자들에게 잊히는 작가도 많은데, 저희 엄마는 다른 방법이 없어서 쓴 글이 도리어 좋은 성과가 됐죠. 그래서 그런 조언을 해주시는 거예요. 지금 뭔가가 잘못되는 것 같아도 그렇게 되는 데에는 분명히 이유가 있을 테니 진짜 결과가 올 때까지 기다리라고요. 어쩌면 운명이 제 길을 찾아가는 과정일 거라며… 어?!"

갑자기 건우가 먼 곳을 바라보더니 고개를 쭉 뺐다.

"응? 왜 그래? 뭔데?"

건우는 팔을 뻗어 저 멀리 앞을 가리켰다. 손가락이 향한 시멘트 기둥 아래에 검은 물체가 움직였다.

검은 옷을 입은 꽃거지? 드디어 찾은 건가!

도림천, 봉림교

놀라서 우두커니 선 나를 두고 건우가 내달렸다. 그제야 나는 우리가 꽃거지가 주로 목격된다는 봉림교까지 다다른 것을 깨달았다. 드디어 그를 만나게 되었다는 기쁨에 바삐 건우를 뒤쫓았다.

그런데 기둥 아래 도착한 건우가 검은 옷의 사람을 한 손으로 가볍게 들어 올렸다. 어떻게 된 일인가 싶어 다시 보니 건우의 손에 들린 건 사람이 아니었다. 번들거리는 검은 우비. 그게 바람에 날리는 걸 사람의 움직임으로 착각한 거였다. 아쉬움을 누르며 혹시 모를 작은 기대를 확인했다.

"그래도 이거, 그 사람 옷은 맞지 않을까?"

건우는 우비를 이리저리 살피다 고개를 저었다.

"아닌 것 같아요. 너무 새것이고 크기도 누나한테

나 맞을 사이즈인데요? 그분은 키가 상당히 크시잖아요. 저만 하시지 않아요?"

"그렇긴 하지. 180센티는 족히 넘어 보인다고 했으니까."

"안타깝지만, 이건 그분과는 관련 없는 물건으로!"

건우가 우비를 바닥에 펼쳐 놓고 각을 잡아 접기 시작했다.

"뭐 하는 거야?"

"어차피 쓰레기잖아요. 부피를 줄여서 가지고 있다가 버리려고요. 아까 말했잖아요? 제가 하는 일 때문에 이런 사소한 일로라도 복을 쌓아야 업을 상쇄시키고 하는 일도 수월하게 할 수 있거든요."

"봉사하기 위해서 또 다른 봉사를 해야 하다니…. 정말 어려운 일을 하시는 군요, 강건우 영매 탐정님. 화이팅!"

"네? 아, 정말 그런 셈이네요? 예, 응원 고맙습니다, 진의연 선생님!"

"어? 내 이름을 알아? 내가 말한 적이 있었나?"

"에…? 그… 누나가 첫날 통성명할 때 알려주셨잖아요, 기억 안 나세요? 아직 젊으신 분이 벌써부터 그러시면 어떡하려고."

"강건우! 너는 뭐 한평생 머리가 획획 잘 돌아갈 줄 알아? 사람이 이 일 저 일로 바쁘면 깜빡할 수도 있지, 그런 걸 가지고 뭐라고 하니?"

"네, 네! 그러실 수도 있죠, 물론입니다!"

너스레를 떠는 게 마뜩잖아 눈을 흘겼지만, 건우는 개의치 않고 마저 우비를 접어 주머니에 넣었다.

"그나저나 꽃거지 찾기가 생각한 것보다 어렵네. 우리가 과연 찾을 수 있을까? 이렇게 계속 허탕만 치면 어떡하지?"

물을 만한 사람이 없을까 둘러봤지만, 사람은 그림자도 보이지 않았다. 건우가 다리 밑으로 흐르는 지류 너머를 가리켰다.

"일단 저쪽으로 넘어가 볼까요? 아까 온라인 커뮤니티에 올라온 예전 목격담을 봤는데 보라매 공원 쪽으로 내려가는 길목에서 주무시곤 하셨대요."

"그래? 그럼 가봐야지. 어서 앞장서!"

기대에 차서 커뮤니티에 올라왔다는 곳을 샅샅이 뒤졌지만 꽃거지의 흔적은 전혀 발견하지 못했다.

기대한 만큼 기운이 빠져버린 나는 근처 벤치에 주저앉으며 한탄했다.

"우리가 지금 이러는 것도 네 어머님이 말씀하신 그걸까? 그저 때가 아니라서? 운명이 아직 준비가 안 되어서?"

"음."

건우는 긍정도 부정도 아닌 소리를 내며 옆에 앉더니 하늘로 시선을 올렸다. 나는 답답한 마음에 재차 물었다.

"근데 따지고 보면, 사실 너희 어머님은 어린 시절부터 소설가를 꿈꾸셨으니까 무의식적으로라도 준비가 되었던 걸지도 몰라. 그래서 독립 출판한 책도 인정받았던 게 아닐까? 이렇게 말하면 또 실수하는 걸지도 모르지만 단지 다른 사람들보다 운이 좋은 걸 수도 있고. …혹시 어머님이 말씀하신 그런 운명적인 흐름? 시기? 그걸 설명하는 다른 이야긴 없어?"

"누나 성격이라면 그렇게 생각할 수도 있을 것 같아요. 음, 엄마가 말해주신 다른 일화도 있긴 하지만 누나를 설득하기 위해선 그것보단… 아, 그거! 미국 지방 라디오에 나온 사연이 더 적당할 것 같아요."

"미국 라디오? 세상에, 건우 너는 미국 라디오 방송도 들어?"

정말 상상을 초월하는 특이한 캐릭터라고 생각한 순간, 건우가 머리를 긁적이며 답했다.

"설마요, 저 영어 못하는걸요. 인터넷에 떠돌아다니는 짤을 본 거죠, 하핫. 아무튼 오래전 미국 라디오 프로그램에서 모은 진기한 경험에 관한 사연 중 하나인데요, 사연자의 어머니가 자기 어머니, 그러니까 사연자의 외할머니로부터 물려받은 도자기에 관한 얘기예요."

도자기는 물망초 그림이 들어간 그릇들이었는데, 그 그림을 외할머니가 직접 그린 거라서 어머니의 보물 1호였대요. 하지만 이사하면서 그릇을 분류한 상자 중 컵과 받침 접시를 넣은 상자만 빠뜨린 거예요. 일부만 잃어버린 탓에 세트로 된 다른 그릇들까지 사용하지 못하게 됐대요. 사연자는 혹 벼룩시장 같은 곳에서라도 발견할까 싶어서 눈을 씻고 찾아봤는데 결국 찾을 수 없었다네요.

그렇게 50년 가까운 세월이 흐르고 사연자는 어느 일요일 새벽에 눈을 떴어요. 그런데 문득 오늘 벼룩시장에 가면 그 그릇들을 찾을 수 있겠다는 생각이 밑도 끝도 없이 들었대요. 그래서 새벽 5시였지만 그대로 일어나서 어둠을 뚫고 벼룩시장에 갔다나 봐요. 거기서 두세 시간 동안 헤맸는데 역시나 찾지 못했대요. 허황된 기대였나 싶어 마지막 모퉁이를 돌아가는데, 세상에, 거기 깔린 물건들 사이에서 마침내 발견한 거예요. 판매상은 얼마 전에 새로 산 집의 헛간에서 상자를 하나 발견했는데, 그 집이 바로 사연자의 어머니가 이사하기 전에 살던 집이었고 이사할 때 그 상자를 실수로 두고 나왔던 거죠.

만약 그날 사연자가 새벽에 깨지 않고 계속 잤다면 어땠을까요? 깨었더라도 벼룩시장에 갈 생각을 하지 않았다면? 벼룩시장에서도 그 마지막 모퉁이까지 마저 돌지 않았다면?

결국엔 우연찮은 인연이 맞아떨어지면서 운명처럼 제 자리를 찾게 된 거예요. 정말 신기하지 않아요?

"믿기지 않을 정도로… 신기한 일이네."

흥분한 건우의 목소리에 반해, 안타깝게도 내 말의 방점은 '신기한 일'보다는 '믿기지 않을'에 있었다. 사연자가 이야기를 과장했거나 몇몇 부분은 그저 그렇게 믿고 싶은 거짓이 포함되지 않았을까, 하는 의심 때문이었다.

건우가 기어이 심드렁하게 물었다.

"누나, 이 이야기도 안 믿으시는 거죠? 그죠?"

"…어, 솔직히 말하면 그래. 믿음이 마구 샘솟는다고는 차마 못 하겠네?"

상대의 기분을 맞추자고 거짓말을 할 수는 없었다.

건우가 웃음을 터트렸다.

"하하, 알겠어요! 뭐, 우리가 온종일 얘기한 게 그런 거였잖아요. 사람마다 성격이 다르듯이 생각도 다르다고. 한 가지 일이지만 바라보는 시각이나 판단은 충분히 다를 수 있죠. 아! 마침 딱 머리에 떠오르는 시가 하나 있는데 누나는 이 시를 어떻게 생각하실지 궁금하네요. 한번 읊어봐도 돼요?"

난데없이 웬 시? 하지만 당혹스러운 만큼 반사적으로 고개를 끄덕인 모양이었다. 건우는 싱긋 웃더니 노래라도 부르는 것처럼 낭송했다.

나는 땅끝까지 가보았네.
물이 있는 곳 끝까지도 가보았네.
나는 하늘 끝까지 가보았네.
산 끝까지도 가보았네.
하지만 나와 연결되어 있지 않은 것은 하나도 발견할 수 없었네.

건우는 마지막 문구를 끝내고 한참 입을 다물고 있다 물었다.

"미국 인디언 부족 중 나바호족에 전해 내려오는 시래요. 어때요? 누난 이거 듣고 무슨 생각이 들어요?"

예기치 못한 질문에 머리가 멍했다. 잠시 속으로 시를 곱씹다가 답했다.

"삼라만상은 다 연결되어 있다는 의미인 것 같은데⋯. 하지만 그건 당연한 얘기 아닌가."

건우가 못마땅한 눈초리로 흘기듯 봤다. 왼손 집게손가락을 오른손 집게손가락 가운데에 직각으로 맞대어 내게 들이밀었다.

"누나, T죠?"

"응, T야. 대문자 T."

MBTI가 한창 유행할 때 사람들은 T 성향은 F에 비해서 공감 능력이 떨어진다며 그런 손 모양으로 놀리곤 했다. 하지만 나는 그때도 그게 왜 놀림거리가 되는지 이해할 수 없었다. 논리적으로 생각하고 이성적으로 판단하는 게 왜 비웃음을 살 일인가. 감정에 치우쳐 그릇된 판단을 내리는 걸 도리어 경계하는 게 맞지 않나.

내 응수에 건우가 웃음을 터트려서 나도 웃었다. 그리 웃을 일도 아니었지만 건우의 웃음소리와 섞인 내 웃음이 어딘지 모르게 자유롭고 행복한 느낌이라 좋았다. 그 웃음이 잦아들자 우린 누가 먼저랄 것 없이 침묵에 빠졌다. 둘 다 푸른 하늘에 시선을 둔 채 각자 생각에 잠겼다. 차분하고도 고즈넉한 시간이 흐르는 동안 머릿속에서 건우와 나눈 이야기들이 이리저리 부딪치고 합쳐지다 내게로 스며들었다.

이윽고 나도 모르게 말이 흘러나왔다.

"그런데 말이야, 우리 주변에서 일어나는 모든 일이 인연으로 연결되어 있고 그것들의 작용으로 운명이라는 게 흘러가는 거라면… 지금의 나도 내 운명도 그렇게 만들어진 거잖아. 그럼 내 어머니였던 사람은 내가 공감하지 못하는 아이라서 날 떠난 걸까? 아니면 애초에 내 운명이 그 사람을 떠나보내는 거였을까? 그래야 내가 감정에 동요되지 않는 사람이 되어

86

서 가족 없이도 살아낼 수 있을 테니까?"

"네? 아니, 그런 의미는…. 죄송해요, 누나! 제가 괜히 T 어쩌고 해서…."

"아니야, 나 대문자 T라니까? 정말로 궁금해서 물어본 거야. 나는 진짜 아무렇지 않아."

내가 타인의 감정에 잘 공감하지 못하고 감성이 메마른 건 어린 시절 떠난 어머니 때문이라고 줄곧 생각했다. 건우와 이야길 나누면서 확신까지 생겼다. 이 모든 게 인연이고 운명이라면 어느 쪽이 먼저냐를 넘어서 내 문제의 중심에는 어머니가 있을 수밖에 없다. 만약 그런 게 아니라면, 난 그저 내 결함을 인정하지 못해서 유일하게 책임을 전가할 존재에게 원망을 쏟아붓는 것일까.

"근데 누나는 왜 스스로 감성이 메말랐다고 생각하는 거예요?"

건우가 마주 보며 물었다. 내 속까지 깊숙이 들여다보는 듯한 눈빛에 조금 움츠러들었지만 짐짓 아무렇지 않은 척 답했다.

"그야 엄마가 말없이 떠났을 때도 난 담담했으니까. 보통의 감성을 가진 그 정도 나이의 아이라면 다른 반응을 보이지 않았을까? 눈물을 흘리거나 하는 감정적인 폭발 같은 거?"

"흠, 글쎄요. 제 생각에 누나가 그때 담담했던 건… 너무 슬퍼서가 아니었을까요?"

"어?"

"누나가 엄마 얘길 했을 때 저도 뭔가 이상하다고 생각했거든요. 누나가 방금 말한 것처럼 보통 아이가 보일 법한 반응과는 너무 달라서요. 그래서 다른 이야길 하면서도 곰곰이 생각해 봤어요. 왜 누나는 그게 아무 일도 아닌 것처럼 받아들이고 살았던 건지."

차분한 건우의 목소리에 나는 저절로 집중했다.

"사람은 자신이 감당하기 어려울 만큼 극적인 상황을 맞닥뜨리면 걸맞지 않은 반응을 보이기도 한대요. 너무 절망적인 상황에선 실소를 터트리는 것처럼요. 아마 누나는 엄마가 떠난 상황이… 애정이 없는 엄마였어도 설마 그렇게 헤어지게 될 줄은 예상하지 못해

88

서 큰 충격을 받았던 게 아닐까요? 하지만 누나의 반응을 받아주거나 도닥여 줄 어른은 당시 하나도 없었죠. 그래서 그런 마음을 그저 꾹꾹 눌러 담았을 거고 그 후 비슷한 상황에서도 그때처럼 자신을 보호하기 위해 마음을 닫았을 거예요."

뒤통수를 얻어맞기라도 한 듯했다. 눈시울이 시큰해지면서 심장이 간질거렸다. 당시의 내 마음도, 건우의 말을 들은 지금의 내 마음도 정확히 알 수가 없었다. 순간 전 남자 친구의 말이 떠올랐다.

'넌 가끔 감정이 없는 사람처럼 보여.'

어쩌면 그에게도 난 그랬던 걸까. 내가 그와 어우러질 수 없는 걸 깨닫고 슬퍼서, 그래서 감정을 더 표현하지 못하고 더 닫기만 했던 걸까.

"누나는 감정을 격하게 내비친 적이 단 한 번도 없어요? 누나 생각에 가장 감정적으로 행동한 일은요? 앞뒤 생각 없이 뭔가를 저질렀다든가, 아니면 어떤 일 때문에 크게 동요했다든가."

아무 생각도 나지 않아 가만히 고개를 젓자, 건우

가 다시 물었다.

"그러면 그리운 사람은요?"

"그리운 사람? 글쎄, 그립다…라는 건, 솔직히 나는 그 감정을 잘 모르겠어. 그건 누군가가 많이 보고 싶은 거지?"

"아니에요, 많이 보고 싶은 것과는 좀 다른 것 같아요. 음, 제가 아는 어느 감성 가득한 꼬맹이가 내린 정의를 빌려보자면요, 그립다는 건… '보고 싶다고 말하는 순간, 더 보고 싶어지는 거'라더군요."

그러자 정답처럼 한 존재가 떠올랐다.

원하는 대학에 입학이 결정되자 난생처음 내게 보상이라는 것을 해주고 싶었다. 그래서 당일치기 여행을 계획했다. 서울역에서 지방으로 향하는 아무 열차나 골라 탄 후 맘에 드는 풍경이 보이면 내려서 그 동네를 구경하고 돌아오는 단순하고 짧은 여행이었다. 목적지는 중요하지 않았고 길게 머물 여유나 돈도 없었으니 그 정도면 충분한 일탈이자 나에게 줄 최고의 선물이라고 생각했다.

그렇게 무작정 내린 곳이 어디였는지 기억은 나지 않는다. 그저 익숙하지 않은 지명이 신기하고 처음 보는 작은 기차역에 호기심이 동해 내렸다. 운 좋게도 그날이 마침 장날이어서 역사 앞 대로를 따라 오밀조밀한 좌판들이 길게 깔려 있었다. 돌이켜 보면 당시엔 그런 생각도 잠깐 한 거 같다. 건우의 얘기처럼 내가 그곳에 내린 건 운명이라고.

그래서인지 평소와 달리 군것질거리까지 손에 들고 작은 시장을 느긋하게 구경했다. 아마 내 생애 가장 여유로운 시간이었던 듯하다. 그러나 역 앞에 선 작은 시장은 금세 끝이 보였고 되돌아오는 나의 걸음은 자연히 더뎠다. 이 여행이 끝나면 다시 목표를 정하고 그것을 달성하기 위해 달리는 삶을 살 게 분명했고 나는 반드시 그래야만 했으니까.

최대한 느리게 걸었지만 금세 기차역 입구로 되돌아왔다. 그런데 시장 구경을 시작할 땐 없던 좌판이 새로 나와 있었다. 작고 귀여운 잡종 강아지들이 우리 안에서 엉켜 버둥거리는 모습을 보고 저절로 그쪽으로 걸었다. 개는 내가 유일하게 좋아하는 동물이었다. 본능적으로 사람을 좋아하고 살가운 천성을 가진 개들은 먼저 다가가거나 일부러 잘해주지 않아도 언제나 애정이 가득한 눈으로 상대를 바라보는 존재였으니까.

"어유, 이쁜 학생! 여서 한 놈 데꼬 가. 시골 똥강생이라 아무케나 키워도 잘 클 겨. 이놈 어뗘? 아조 튼실혀!"

넋이 나가 보기만 하던 내게 좌판 주인 할머니가 한 마리를 들어 불쑥 내밀었다. 검은색과 밤색이 적당히 섞이고 앞발엔 흰 양말을 신은 전형적인 잡종 강아지였다. 할머니가 재차 들이미는 바람에 어쩔 수 없이 두 손으로 받아 드는데 내 작은 손에서도 넘치지 않을 만큼 몸집이 작은 녀석이었다. 눈높이까지 들어 올려 자세히 관찰했다. 콧잔등에서 눈을 향해 뾰족하게 솟은 털이 길어서 눈매가 세모로 보였는데 그렇게 만들어진 험상궂은 인상이 작은 덩치와 어울리지 않아 웃음이 났다. 그런 녀석이 귀여워 엄지로 콧잔등 털을 쓰다듬자 놀랍게도 눈매가 확 달라 보였다. 세모로 보인 눈매가 본래의 땡그란 모양을 드러내면서 순수하기 그지없는 어린 강아지의 눈이 됐다. 착하디착해 보이는 그 눈빛으로 나를 지그시 바라보고 있었다. 나는 즉시 대학 입학에 대한 보상 선물을 한 가지 더 추가하기로 결심했다.

부른 값을 치르기엔 돈이 부족했지만 할머니는 자신의 간식으로 싸 온 감자까지 챙겨주시며 녀석을 넘겨주셨다. 따로 감쌀 만한 게 없어서 녀석을 가방에 담아서 기차에 올랐다. 앞으로 안은 가방의 얇은 천을 통해 녀석의 체온이 아랫배에 오롯이 느껴졌다. 녀석의 덩치는 작았지만 생명체가 내뿜는 온기는 크기와 상관없었다.

집으로 올라오는 기차 안에서 할머니가 준 감자를 야금야금 먹으며 가방에 얌전히 앉아 있는 녀석과 눈을 맞췄다. 녀석의 온기만큼이나 따뜻하고 포근한 느낌이 가슴 가득 차올랐다. 애정 어린 눈길로 하염없이 나를 보는 녀석에게서 시선을 떼지 못한 채 이름을 고민했다. 그런 존재를 삶에 들인 경험이 없던 나로서는 수능시험 공부보다 어려웠다. 결국 집에 도착할 때까지도 녀석에게 이름을 지어주지 못했다. 어쩌면 그것에 골몰하느라 돌아오는 동안 강아지 키우기에 관해 정보를 찾아봤으면서도 그 내용을 머릿속에 제대로 넣지 못했을지도 모른다.

어느 애견가의 블로그에 새끼 동물은 갈증이 위험하다고 적혀 있었다. 그래서 집에 도착하자마자 낮은 반찬 그릇에 물을 따라 내주었다. 녀석은 역시나 물을 보자마자 반가워하며 달려가선 내 새끼손톱만 한 분홍빛 혀를 날름거리며 물을 핥아 마셨다. 그 모습이 깨물어주고 싶을 만큼 귀여웠다.

다음으론 용변을 처리할 수 있는 자리를 마련했다. 배변 패드는 온라인이 훨씬 싸다고 해서 인터넷으로 주문하곤 임시 화장실을 위해 방구석에 신문지를 여러 겹 겹쳐 까는데 신문에 게재된 광고 하나가 눈에 띄었다. 유명한 진통제 광고였는데 거기서 착안해 단

숨에 녀석의 이름을 결정했다. '타이'. 콧잔등의 털을
누르지 않은 상태의 험상궂은 인상은 호랑이를 연상
시킬 만큼 강렬하니까 '타이거'에서 딴 듯한 그 이름
이 녀석에게는 제격이었다.

"타이! 앞으로 네 이름은 타이야. 알았지, 타이?"

콧잔등 털을 손가락으로 잡아 세우며 또박또박 알
려줬다. 그 털 뒤에 숨은 녀석의 순수한 눈동자는 나
만 아는 비밀로 두고 싶었다. 타이는 세모난 눈으로
나를 직시한 채 고개를 옆으로 기울였다. 그 모습도
너무 귀여워서 녀석의 머리를 한참 쓰다듬었다. 짧고
보드라운 털의 감촉과 그 아래로 느껴지는 따스한 체
온이 너무 좋아서 손을 멈출 수 없었다.

"참, 타이 너 배고프지? 밥 만들어줄게!"

아직 사료도 사지 못한 탓에 임시로 대체할 게 필
요했다. 이빨을 보니 조금 솟아 있긴 했지만 밥알을
씹기는 힘들 것 같아서 식은 밥을 끓여 죽처럼 만들
었다. 아무것도 넣지 않은 맨 죽이었지만 타이는 작
은 입을 연거푸 움직여 맛있게 해치웠다.

밥을 다 먹은 후엔 방의 이곳저곳을 쿵쿵거리며 돌아다니다가 내게로 돌아오기를 반복했다. 익숙해지기 위해 관찰하는 모양이었다. 몇 번 그러다가 처음으로 소변도 보았는데, 맨바닥에 소변을 싸는 순간 재빨리 신문지 위로 몸을 옮겨주자 이후엔 그 위에서 볼일을 봤다.

"우와, 우리 타이 천재네? 어쩜 이렇게 똑똑할 수가 있어? 응? 어떻게 이렇게 대단하지?"

기특한 마음에 칭찬을 마구 쏟아냈다. 내가 그러면 타이는 입을 반쯤 벌린 채 헥헥 댔는데, 그게 마치 웃는 모습처럼 보여서 녀석이 내 말을 다 알아듣나 싶은 생각까지 들었다. 너무 사랑스러워서 이따 밤에 품에 안고 자야겠다고 생각한 순간, 녀석을 아직 씻기지 않았다는 사실을 깨달았다.

"아차차, 우리 타이 길바닥에 있느라 먼지 범벅일 텐데, 누나가 목욕시켜 줘야겠다!"

욕실로 데려가 비누칠하자 털색에 가렸던 땟국물이 줄줄 흘렀다. 시골에서 나고 자란 강아지였으니

아마도 첫 목욕이었을 것이다. 두려웠을 첫 경험인데도 타이는 의젓하고 얌전하게 목욕을 마쳤다. 물론 녀석이 본능적으로 몸의 물기를 털어내는 바람에 족히 서너 번의 물세례를 맞기도 했지만. 헤어드라이어로 몸을 말려줄 때는 제게 불어오는 바람을 깨물기라도 할 듯 달려들었다. 타이의 털을 말리는 그 짧은 시간 동안 나는 이전에 웃은 시간을 모두 합친 것보다 많이 웃었다.

타이와 자리에 눕기 전, 데려올 때부터 생각해 둔 일을 처리하려 서랍을 뒤졌다. 잡종개들의 경우, 내장에 회충이 기생할 가능성이 높아서 약을 잘 챙겨 먹여야 한다는 정보도 오는 길에 찾아본 블로그에 쓰여 있었다. 마침내 보건실 선생님이 예전에 내게 챙겨준 회충약을 찾아냈다. 작고 노란 알약 한 알이 남아 있었다. 막상 강아지에게 약 먹이는 방법을 몰라 고심하다가 어쨌든 강아지도 물이 필요하지 않을까 싶어서 물을 받으러 갔다. 그런데 돌아와 보니 바닥에 두었던 알약이 보이지 않았다.

"와, 넌 천재 개라서 약도 막 혼자 먹고 그러는 거야? 타이야?"

놀랍기도 하고 대견하기도 해서 감탄하자 타이가 작은 생명이 옹알대는 듯 짖었다.

"앙!"

"어우, 귀여워! 넌 어떻게 짖는 것도 그렇게 귀엽냐!"

타이를 와락 껴안고 이불 속으로 들어갔다. 누운 채 시선을 주자 작은 단추 같은 눈도 나를 직시했다. 그렇게 서로를 바라보다 누가 먼저인지도 모르게 잠들었다.

그런데 새벽녘, 타이의 상태가 이상했다.

타이는 자다 말고 일어나 신문지 위를 연신 왔다 갔다 했다. 처음엔 소변을 자주 보나 싶었는데 곧 녹색이 감도는 설사를 시작했다. 몇 번 반복하자 거기서 꿈틀거리는 하얀 벌레들이 나왔다.

"세상에, 역시 타이 뱃속에 나쁜 애들이 살고 있었네? 아유, 지지다, 지지! 그래도 다 나오면 없어지는 거니까, 타이야, 조금만 힘내!"

이때까지만 해도 나는 사태의 심각성을 전혀 몰랐다. 그래서 타이가 힘이 없어 보이는 게 그저 잦은 용변에 지쳐서라고 생각했다. 타이를 응원하고 신문지만 갈아주면서 타이가 기생충을 모두 내보내고 나면 더 건강해질 거라고 믿었다. 그러나 타이의 설사는 다음 날 오후가 되어도 멈추지 않았다. 그사이 사온 사료를 물에 불려줬지만 타이는 한 입도 먹지 못했다. 다리에 힘이 빠져 거동도 힘들어하다가 나중엔 배를 바닥에 깔고 엎드려 있기만 했다. 물에 불린 사료를 짓이겨 주둥이에 발라줘도 관심조차 없었다. 잠깐 몸을 일으키나 싶다가도 물로 혀만 겨우 축이고 다시 드러누웠다.

"타이야? 타이…?"

그제야 걱정이 커져 조심스럽게 이름을 불렀지만 타이는 별다른 반응을 보이지 않았다. 잠이 계속 쏟아지는지 작은 눈이 자꾸만 감겼다. 눈꺼풀 아래로 내비치는 눈빛은 어제와 너무 달랐다. 회색빛이 감도는 불투명한 막이 보이는 그 눈에 걱정은 더욱 커져

만 갔지만, 아직 어렸던 나는 뭘 어떻게 하면 좋을지 생각해 낼 수 없었다. 하릴없이 떨리는 마음으로 지켜보며 부디 타이가 이 고난을 무사히 넘기기만을 바랐다.

그렇게 해가 방의 이쪽 모퉁이에서 저쪽 모퉁이로 옮겨 갈 때까지 타이는 가끔 푸, 하고 한숨 같은 긴 숨만 내뱉었다. 방이 어둠으로 채워질 땐 그 숨소리마저 잦아지다가 급기야 사라졌다.

단 하루였다. 하루 만에 타이는 나를 떠났다.

한참이 지나서야 나는 당시 내가 찾아본 정보들을 다시 확인하고 그때 왜 그런 일이 벌어진 건지 이해할 수 있었다. 타이는 태어난 지 한 달도 채 되지 않은 강아지였다. 그런 어린 생명체가 긴 여행을 하고 새로운 환경에 적응도 하기 전에 몸이 부대낄 목욕을 하고 사람이 먹을 용량의 회충약까지 먹었다. 심지어 모두 한나절 안에 겪은 일이었으니 그 작은 생명체는 감당할 수 없었던 거다. 그럴 위험을 경고하는 문구가 블로그 하단에 적혀 있었지만, 신이 난 마음에 취해 놓치고 말았다.

모든 걸 깨달은 순간, 타이의 목숨이 단지 나의 무지로 인해 사그라들어 버렸다는 사실이 끔찍해서 견딜 수 없었다. 내가 타이를 죽인 거나 마찬가지였다. 그래서 그 뒤론 반려동물을 기른 적도 기를 생각도 하지 않았다. 내가 무언가의 생명과 삶에 영향을 미치는 일을 다시는 감당할 자신이 없었다.

그때의 감정이 다시 머리와 가슴을 건드리면서 눈시울이 뜨거워지는데, 벤치에 내 것이 아닌 눈물 한 방울이 툭 떨어졌다.

"어…? 건우야, 너 지금 울어?"

"으앗, 죄송해요. 제가 영혼과 소통하는 감각을 예민하게 키우다 보니 감응하면 저도 모르게 몸까지 반응을…. 정말 부끄럽네요, 다 큰 남자가."

"다 큰 남자는 뭐 울면 안 되나."

타인의 감정에 쉬이 공감하는 건우의 감성이 나는 도리어 부러웠는데, 본인은 민망한지 재빨리 소매로 눈물을 훔치곤 벌떡 일어섰다.

"오늘도 꽃거지 찾는 건 실패한 것 같은데 이쯤에서 마무리할까요? 실은 제가 지금 배가 좀 고파요, 카페인도 당기고. 카페라도 가실래요? 누나네 동네니까 근처에 자주 가던 곳 있을 것 같은데?"

짐짓 아무렇지 않은 투였지만 여전히 벌건 건우의 눈은 아직 타이의 이야기에서 벗어나지 못한 마음을 드러내고 있었다. 자신과 전혀 상관없는 작은 동물의 죽음에도 마음을 쓰는 걸 보니 건우가 영매 탐정이 된 건 정말 그의 운명인가도 싶었다. 그런 상냥한 마음으로 세상을 떠도는 영혼을 달래주는 거겠지. 기특한 마음에 나도 모르게 말이 나갔다.

"고마워, 건우야."

"네? 뭐가요?"

"으응, 그런 게 있어. 가자! 예전에 친구와 자주 가던 카페가 있어. 나도 네 덕에 오랜만에 가보겠네."

내가 경쾌하게 말하며 일어서자, 건우가 기다렸다는 듯 고개를 끄덕였다.

모노헤르쯔는 신림역에서 조금은 떨어진 골목길 안에 자리한 카페였다. 동네에서 알게 된 친구와 프랜차이즈가 아닌 카페를 찾다가 알게 된 곳이었다.

2층이라서 건물 밖에서는 내부가 잘 보이지 않았던 탓에 처음엔 어떤 공간인지 예상이 안 되어서 불안한 마음도 없잖았다. 하지만 카페에 들어서 마주한 풍경에 친구도 나도 상당히 놀랐다. 허름한 건물 외관과는 달리, 카페 내부는 상당히 고급스럽고 정갈한 원목 인테리어와 조화이긴 하지만 초록의 식물 장식이 자연스럽게 어우러져 있었다. 카페 이름에 들어간 '헤르쯔'라는 단어가 무색하지 않은 풍성한 음악은 그런 공간을 감각적으로 완성했다.

그러나 희한하게도 잘 만들어진 공간에 비해 손님

은 많지 않았다. 숨은 듯한 위치 때문에 이곳을 발견하지 못한 사람이 대다수지 싶었다. 나와 친구는 그래서 오히려 좋았다. 역 주변의 웬만한 카페들은 주말에는 특히나 사람이 가득 차서 여유롭게 커피 마시는 게 불가능했는데 여유로운 이곳은 우리의 아지트가 되기에 충분했다.

카페 입구에 서서 예전을 떠올리자 입안에 쑵쑵한 맛이 맴돌았다. 얼마 만일까. 마지막 그날 이후 꽤 오랜 시간이 지난 것 같았다. 그리움과 거북함이 뒤섞인 마음으로 안으로 들어섰다. 평일 어중간한 시간이라서인지 안쪽 널찍한 소파에 남성 한 명과 여성 두 명이 앉은 한 팀만 있을 뿐 다른 자리는 모두 비어 있었다.

"어서 오세요!"

남자 사장님의 경쾌한 인사에 건우가 묵례로 답하며 내게 목소리를 낮춰 물었다. 손님이 너무 없어서 부담스러운 모양이었다.

"뭐 드실래요? 저는 점심도 굶은 상태라 사실 엄청

배고파요. 낮에 갑자기 사라진 죄도 있으니 여긴 제가 살게요."

"아, 근데 건우야, 여긴 주문 시스템이 특이해서…."

설명을 하려고 했지만 건우는 내 말을 듣지 않고 성큼성큼 카운터로 향했다. 나는 재빨리 쫓아가 사장님에게 먼저 인사를 건넸다.

"사장님, 잘 지내셨….'"

"안녕하세요. 여긴 메뉴가 어떻게 되나요?"

건우가 내 인사까지 자르며 사장님에게 물었다. 어지간히 배가 고픈 모양이었다.

사장님도 건우의 다급한 낌새를 느꼈는지 바로 설명했다.

"휴대폰으로 여기 QR코드를 스캔하시면 메뉴 확인과 결제가 가능한데요, 메뉴만 거기서 보시고 카운터에서 주문하셔도 되니까 편하신 방법으로 하세요."

사장님이 건우에게 기다란 초록색 종이를 건넸다. 거기에 주문이 가능한 모바일 페이지로 넘어갈 수 있는 QR코드와 화장실 비밀번호, 카페 공간에 관한 설명 등이 적혀 있었다. 내용은 내가 처음 방문했을 때와 같았지만 그사이 디자인은 조금 바뀌어 있었다.

"누나 말대로 여긴 주문 시스템이 특이하네요? 정말 이게 더 편하려나?"

건우가 다른 손님이 차지한 소파에서 멀찍이 떨어진 4인석 테이블에 앉으며 종이를 살폈다.

"일행과 함께 메뉴를 보면서 고를 땐 확실히 편하긴 해. 근데 결제까지 모바일로 하는 건 불편해하는 경우도 있어서 그런 사람은 카운터에서 결제하는 걸 선호하지."

"아하."

건우가 휴대폰을 꺼내서 QR코드를 찍었다. 하지만 아무래도 결제는 내가 하는 게 맞겠다 싶어 휴대폰을 찾으며 말했다.

"너 많이 배고프면 베이글 샌드위치나 잠봉뵈르 시켜, 그거 정말 맛있거든. 내가 사줄게!"

그런데 휴대폰이 없었다. 심지어 어디에 뒀는지 기억도 나지 않았다.

"아니에요, 제가 사드리기로 했잖아요. 누난 뭐 시켜드릴까요?"

"아니야, 대학생이 무슨 돈이 있다고. 내가 사야지. …근데 내 폰이 안 보이네, 거기에 카드 꽂아뒀는데. 너 혹시 못 봤니?"

"아…. 그, 누나 오늘 폰 안 들고 나오지 않았어요? 오늘 종일 못 본 거 같은데? 집에 두고 오셨나 봐요."

"그래…?"

그러고 보니 오늘 휴대폰으로 뭔가를 한 기억이 없었다. 심지어 시간도 확인한 적 없었다. 하지만 그럴 수가 있나? 게다가 왜 이렇게 뭔가를 깜빡깜빡한 느낌이 드는 걸까.

"저기, 누나, 저 진짜 배고파서 쓰러지기 직전이에요! 제 주문 리스트는 다 채웠으니까 누나 음료만 고르면 돼요."

"알았어. 그럼 나는 돌체 바닐라라테, 아이스로 마실게."

항상 마시던 메뉴였다. 우유가 적게 들어가서 커피

109

향이 더욱 진한 카페라테에 바닐라의 달콤한 향까지 감도는 음료였다. 내가 그걸 주문할 때마다 친구는 '넌 아이스아메리카노만 달고 살 것 같은 스타일이면서 꼭 달달한 음료만 마시더라, 안 어울리게.'라고 말하곤 했다.

"미안, 다음엔 내가 살게."

"에이, 아니에요. 점심때 그렇게 사라져서 죄송했는걸요. 돌체 바닐라라테 아이스, 오케이! …결제까지 완료!"

건우가 큰일이라도 해낸 것 같은 표정으로 휴대폰을 내려놓고 여유롭게 카페를 둘러보며 물었다.

"밖에서 보던 것보다 훨씬 넓네요? 근데 손님은 원래 이렇게 없어요? 인테리어도 괜찮고 분위기도 좋은데 이상하네요."

"그렇지? 나도 항상 그게 미스터리였어. 하지만 배달 주문은 꽤 많은 편이야. 카페에 앉아 있으면 배달원들이 쉴 새 없이 들락거리더라고."

그때 주방에서 난감한 표정의 여자 사장님이 우리

테이블로 왔다. 내겐 눈길조차 주지 않고 건우에게
물었다.

"일행분이 더 오시는 건가요?"

"아닌데요. 아, 혹시 4인석에 앉으면 실례일까요?
자리가 많이 비었길래 그냥 앉았는데…."

"아, 그래서 그런 게 아니라요, 주문하신 메뉴가 아
무래도 드시기에 너무 많지 않나 싶어서요."

어딘지 이상하다 싶어 건우에게 물었다.

"도대체 얼마나 주문했길래 사장님이 쫓아 나오기
까지 하신 거야? 뭐 뭐 시켰는데?"

"아, 사장님, 제가 배가 많이 고파서요. 근데, 그래
봤자 음료 두 개에 간식 메뉴 세 가지인데요? 베이글
샌드위치랑 잠봉뵈르 맛있다는 소문에 둘 다 먹어보
고 싶었고, 베이글에 대파 크림치즈는 원래 제가 좋
아하는 거라서요. 에이, 걱정하지 마세요! 혹시라도
남으면 포장해 갈 거니까요. 뭐, 그럴 일은 없을 테지
만. 하하하!"

"네, 알겠습니다. 그럼, 그렇게 준비해 드릴게요."

허세 넘치는 건우의 말과 웃음 때문인지, 사장님도 웃으면서 몸을 돌렸다. 그때 잠깐 나와 시선이 맞아서 눈인사를 건넸는데 사장님은 별말 없이 주방으로 돌아갔다. 내가 한창 자주 올 때는 주말마다 방문했건만 전혀 기억을 못 하는 것 같았다. 내심 섭섭해하며 시선을 돌리는데 건우의 주머니에서 삐져나온 뭔가가 바닥으로 떨어졌다. 담뱃갑 반만 한 플라스틱 약병에 희뿌옇고 투명한 액체가 가득 들어 있었다.

건우가 허리를 숙여 줍는 걸 보고 물었다.

"그건 뭐니? 약이야?"

"음, 약은 약이죠? …군이 분류하자면 독약에 가깝지만."

"뭐? 독약?"

내가 기겁하자 건우가 장난스럽게 웃고는 답했다.

"말하자면 그렇다는 거죠. 소금물이에요, 소금물! 근데 농도가 엄청 진한 소금물이라서 독약이라고 한 거예요. 소금도 한꺼번에 많이 먹으면 죽을 수 있는 거 아시죠?"

"아, 언젠가 배운 거 같긴 하다. 하지만 웬만한 모든 게 많이 먹으면 죽잖아?"

"맞아요, 역시 중등 선생님! 사실 물도 70킬로그램 몸무게의 성인 남성 기준으로 6리터가 반수 치사량이니까 우리는 일상에서 생각보다 많은 위험에 노출된 셈이죠."

"아, 물은 6리터였나? 생각보다 적구나."

"에? 6리터가 적다니, 누난 평소에 물을 많이 드시는 편이었나 봐요. 아무튼, 해외에서는 물 마시기 대회 우승자가 그 정도 마시고 다음 날 사망한 사건도 있었으니까요."

"그렇구나…. 가만, 그러면 그 소금물은 뭐야? 그게 독약에 가까운 거라면서 넌 그걸 왜 가지고 다니는데? 일부러 휴대용으로까지 만든 거 아니야?"

"흠, 누나. 저에 관해 너무 많은 걸 궁금해하시는 거 같은데…? 이러시는 거 좀 부담스러운데요?"

건우가 눈을 가늘게 뜨며 장난스럽게 말했다.

실제로 건우에 관해서 정말 몇 가지 특이한 정보

외엔 아는 게 없었다. 만난 지는 고작 며칠, 매일 몇 시간 동안 함께 다니면서 꽃거지와 영매 탐정 일, 어머니의 조언에 관해 이야기한 게 다였다. 그런데 사람을 죽일 수도 있는 독약을 가지고 다닌다고? 첫 만남 후 잊고 있던 경계심이 다시금 솟았다. 그런 와중에 건우가 적반하장격으로 되묻자 이참에 확인하는 게 좋겠다고 판단했다. 자리에서 일어서며 냉정한 말투를 흉내 냈다.

"그래? 그렇다면 우리 인연은 여기까지인가 보다. 꽃거지는 각자 알아서 찾기로….'

"농담이에요, 농담! 아이고, 우리 진 선생님, 성격 진짜 급하시네!"

건우의 목소리가 높아진 탓인지 소파 테이블 손님들의 시선이 일제히 우리에게 쏠렸다. 건우가 다급히 머리를 낮추고 빠르게 중얼거렸다.

"그게 실은, 영혼과 소통하다 보면 어쩌다 그 혼을 제 몸에 받아들여야 할 때도 있거든요. 그때 소금물이 필요해요. 그래서 가지고 다니는 거예요."

"뭐? 혼을 받아들여? 설마, 그… 빙의, 그런 거 말하는 거야?"

"아시네요? 맞아요. 그런데 빙의라는 게 제가 맘먹는다고 막 받아들일 수 있는 건 또 아니거든요. 제 몸과 상대 영혼의 주파수 같은 게 맞아야 해요. 예를 들자면, 어린애의 혼은 자아가 세지 않고 순수해서 주파수가 유동적이에요. 어지간히 마음만 먹으면 제 안에 들일 수가 있죠. 하지만 자아가 단단해진 성인의 경우엔 저와 같은 성별이거나, 나이대나 성향이 비슷하면 그나마 수월하게 들이지만, 대부분은 그렇지 않으니까 제 몸을 그들이 들어오기 쉬운 상태로 만들어 줘야 해요. 이 독약에 가깝게 진한 소금물이 저를 그렇게 만들 수 있죠."

건우가 약병을 들고 살짝 흔들었다가 주머니에 다시 넣었다.

"하지만 빙의는 그만큼 체력적으로 무리가 많이 가서 피할 수 있을 때까지 최대한 피해요. 영혼이 한 번 들어왔다 나가면 제가 너무 힘들거든요. 단번에 체중

이 5킬로 정도는 훅훅 빠진다니까요? 게다가 주파수
가 맞지 않은 혼이라도 들일라치면 소금물 때문에 일
이 끝난 후에도 참을 수 없는 갈증으로 괴롭기까지
하니까요."

건우가 질색하며 고개를 도리질했다. 때마침 카운
터에서 메뉴가 준비되었다는 남자 사장님의 목소리
가 들리자 건우는 카운터로 뛰다시피 갔다. 금세 돌
아온 건우는 싱글벙글했지만 나는 테이블 위에 놓인
음식을 보니 걱정이 앞설 수밖에 없었다. 아까 여자
사장님이 왜 쫓아 나오셨는지 이해가 됐다.

"너무 많지 않아? 강건우, 너 정말 다 먹을 수 있어?
난 지금 식욕이 별로 없어서 못 도와준다고."

"물론이죠! 걱정 붙들어 매세요, 누나. 저는 오늘
이미 에너지를 많이 썼거든요. 두고 보세요, 조금 있
으면 저한테 며칠 굶었냐고 물을걸요?"

제 말을 증명이라도 하려는 듯, 건우는 먼저 아이
스아메리카노를 한 번에 반쯤 들이켜더니 바로 연어
가 들어간 룩스 샌드위치를 한입 크게 베어 물었다.

116

"느나, 으거 징짜 마싯느드요!"

불분명한 발음이었지만 동그랗게 뜬 눈만 봐도 그 의미를 충분히 알 수 있었다. 건우는 이어서 게걸스럽게 먹기 시작했다. 그 모습이 웃기기도 하고 귀엽기도 해서 말없이 지켜만 봤다. 건우는 샌드위치를 서너 입에 끝내버리고 잠봉뵈르로 손을 뻗었다. 넋 놓고 보던 내 시선을 느꼈는지 어색하게 변명했다.

"아, 제가 진짜 배가 너무 고팠나 봐요, 하핫. 참, 여긴 누나가 친구분이랑 자주 오던 카페라고 했죠? 제가 마저 먹을 동안 그 얘기나 해주지 않을래요? '오던'이라고 하셨으니까 걸음을 안 한 지 좀 되셨다는 의미일 테고, 그건… 그 친구분과도 사이가 멀어지셨다는 얘기가 아닐까 싶은데?"

"오, 강건우? 그냥 영매가 아니라 영매 '탐정'이라고 하는 이유가 있구나? 나름 예리한데?"

건우는 말없이 눈을 초승달 모양으로 휘게 웃으며 잠봉뵈르를 들더니, 어서 말하라는 듯 빠르게 고갯짓했다.

117

나는 친구와의 기억을 떠올리기 위해 카페 창가의 바 자리로 시선을 옮겼다. 일행과 나란히 앉아야 하고 의자도 높아서 일반 손님보다는 노트북 작업을 주로 하는 학생들이 선택하는 자리였지만, 창밖을 바라보며 여유롭게 이야기를 나누는 걸 좋아했던 친구와 나는 애용하던 곳이었다.

"당근마켓에서 우연히 만난 친구였어. 보통의 당근 거래는 단발로 끝나지만, 우리는 물건을 선택하는 취향이 비슷해서인지 여러 물건을 반복해서 거래하면서 자연스럽게 친해졌지. 동갑이라는 걸 알게 된 후엔 어느새 가까운 친구처럼 연락하는 사이까지 됐어. 친구는 지방에서 올라온 지 얼마 되지 않아서 서울에 회사 동료 말고는 아는 사람이 없어서 외로움을 타던 시기였고 내 상황도 그 친구와 딱히 다르지 않았으니까."

"당근이면 같은 동네였으니 더 그랬겠네요. 동네에 어울릴 친구가 있으면 좋죠."

건우는 고개를 주억거리며 잠봉뵈르에 함께 나온

방울토마토 마리네이드를 곁들였다. 친구도 저 달콤한 토마토를 무척이나 좋아해서 사장님들에게 따로 팔아달라고 조르기도 했다.

"처음엔 주말이나 휴일에 만나서 동네 맛집이나 카페를 돌면서 우리가 사고판 물건에 관한 거나 최근 본 TV 드라마, 영화 얘기를 나누곤 했어. 지극히 가벼운 취향이 대화 주제였지. 그런데 자주 만나서 얘기하다 보면 자연히 이야기가 개인적인 일상으로 옮겨지기 마련이잖아? 우리 대화도 그렇게 됐어. 연애 이야기를 시작으로 회사나 업무, 직장 동료에 관한 이야기로 이어졌지…."

그런 얘기들도 가벼운 이야깃거리일 땐 문제가 되지 않았지만 친구가 회사에서 직장 상사와 업무 갈등을 겪게 되면서 상황이 달라졌다. 만나서 주고받는 주제가 친구의 회사 생활에 관한 내용으로 한정되자 대화의 공기는 한층 무거워졌다.

나는 어떤 문제에 맞닥뜨리면 그걸 해결하기 위한

방법을 찾는 데에 집중했다. 예측불허의 난관이 많은 내 삶에선 문제의 원인을 파악하고 풀어내는 것이 중요한 일이었다. 그래서 친구가 직장에서 상사 때문에 힘든 상황을 토로하거나 동료와의 갈등 상황을 얘기하면, 나는 항상 그런 상황에 이른 원인은 무엇인지, 누구의 잘못인지, 어떻게 개선해야 해결할 수 있는지를 조언하려고 노력했다. 그러나 그럴 때마다 친구는 자신의 상황은 내가 생각하는 것과 달리 너무도 복잡하게 얽힌 일들 때문에 해결할 수 없으며 내가 제시하는 방법도 모두 소용없을 거라고 단정했다. 그러곤 도돌이표라도 단 것처럼 너무 힘들다는 처음의 이야기로 되돌아갔다.

우리가 마지막으로 만난 날도 같은 상황이었다. 이날따라 나도 내 고집을 꺾지 않고 계속 문제를 따지고 분석했고 참다못한 친구는 급기야 버럭 소리를 질렀다.

"넌 정말 왜 그래? 내가 언제 너한테 내 문제를 해결해 달라고 했어? 그냥 좀 들어주면 안 돼? 왜 내가 하는 얘기를 따지고만 드는 거야? 나, 지금 너무 힘들고 괴롭다고 했잖아! 네가 말하는 그런 것들을 머릿속에서 정리하고 생각하는 것조차 스트레스라고! 그냥 내가 얼마나 힘든지 들어주면서 위로의 말 한마디 정도 해주면 될걸, 그게 그렇게나 어려운 일이냐고!"

난 친구의 말이 무슨 뜻인지 이해할 수가 없었다. 문제를 해결할 방법을 찾으려고 고민을 얘기한 게 아니란 말인가? 그저 들어주기만 하라고? 하지만 그런 게 왜 필요한 거지? 도무지 이해가 안 되어서 멍하니 친구를 바라보고만 있었다. 끝내 친구는 자리에서 일어나 카페를 나가버렸다. 그 뒤로 누구도 먼저 연락하지 않으면서 우연으로 시작한 얕은 우정은 끝이 났다.

"모르겠어. 내가 그렇게까지 잘못한 걸까? 내 딴엔 그 친구가 힘든 상황에서 벗어나게 해주고 싶어서였는데, 그럴 수 있는 방법을 찾아주려던 건데. …그리고 문제를 해결할 방안을 찾고 싶어서가 아니라면 애초에 그런 얘기를 왜 나한테 한 건지도 이해를 못 하겠어."

나도 모르게 고개를 저으며 답답한 마음을 말에 담았다. 그새 음식을 모두 해치운 건우는 차분한 목소리로 답했다.

"영혼들을 상대하다 보면 저도 가끔 그런 분들을 만나요. 문제를 해결하는 것보다 자신의 마음을 누군가 알아주길 원하는 영혼이요. 아마 문제를 대하는 방식이 다르기 때문일 거예요. 그걸 해결해야 할 장애물로 인식하기보다는 버텨서 이겨내는 과정으로 보는 게 아닐까요? 누나의 해결과는 다르지만 이겨낸다는 결과로 보면 같은 거니까요. 그리고 그걸 해내기 위해 그들에게 필요한 건 주변 사람의 지지와 응원일 테고요."

정말 그랬던 걸까. 그날 이후, 친구의 마음을 이해하기 위해 생각을 거듭해 봤지만 혼자선 답을 찾지 못했다. 하지만 건우의 말을 듣고 보니 어렴풋하게나마 그 마음이 가늠됐다. 그렇지만.

"…네 말을 들으니 조금은 알 수 있을 것 같긴 해.

하지만 나는 여전히 그게 옳은 방식이란 생각은 들지 않아. 그래, 운이 좋아서 한 번은 그런 식으로 넘길 수 있다고 쳐. 그렇지만 상황은 해결되지 않은 상태니까 결국엔 다시 반복될 수밖에 없잖아? 그러면 또 주변 사람들에게 하소연하고 이해받는 걸로 다시 버티고 넘긴다고? 끝없이?"

"어… 그건 저도 뭐라고 말씀드리긴 어렵네요. 음, 확실히 어려워요."

"그렇지? 주변 사람은 무슨 죄야. 칭찬도 세 번 이상이면 욕이라고 하잖아. 그런데 불평불만을 계속 들어주라고? 솔직히 그런 식으로 문제를 회피하는 건 어려운 일과 하기 싫은 일을 구분하지 못하는 것뿐이잖아."

"어려운 일과 하기 싫은 일이요? 갑자기 그건 무슨 말이에요?"

"예를 들어볼게. 사람들 대부분은 아침에 일찍 일어나는 걸 어려워해. 하지만 냉정하게 따져보면 그건 진짜로 어려운 일이라기보다는 조금 더 자고 싶은 게

으름 때문인 거잖아. 난이도의 문제가 아니라 그저 몸이 편한 쪽을 선택하고 싶은 마음이라고."

건우는 눈을 내리깔고 내 말을 곱씹는 듯했다.

"진짜 난도가 높은 일, 힘들거나 어려운 일은 그런 거야. 내가 전력을 다해도 해내기 힘든 것, 실제로 어떤 숙련된 기술이 필요하거나 물리적으로 불가능에 가까운 일이지. 그런데 사람들은 대부분 하기 싫어서, 이루어질 만큼 노력하고 싶지 않아서 그걸 어렵다고 표현하곤 해. 나한테는 그래서 그게 다 핑계로 보여. 그 친구가 문제를 회피하려고만 한 것도 마찬가지였다고 생각하고."

온전한 가정에서 가족의 지지가 있었다면 아무것도 아닐 일들이 내 인생에선 어느 하나 쉽지 않았다. 그러나 그것들을 직면해 하나씩 해결하고 넘어섰기 때문에 지금의 생활에 이를 수 있었다. 그러니 친구가 힘들다고 한 상황도 내겐 그저 복에 겨운 불만으로만 들렸던 거다.

"누나가 어떤 식으로 느끼고 생각하는지 알 것도

같아요."

건우는 여전히 눈을 내리깐 채 느린 속도로 말을
이었다.

"하지만… 그것도 사람마다 가진 다양한 특성으로
설명할 수 있지 않을까요? 각자 성격이 다르듯이 체
질이나 환경도 다르니까."

"무슨 말이야?"

"누나가 예로 든 아침에 일찍 일어나지 못하는 사
람…. 누나 말대로 정말로 게을러서 늦잠을 자는 사
람도 분명 있겠죠. 하지만 건강이나 체질과 관련한
이유가 있을 수도 있잖아요? 제가 알기론 저혈압인
분들은 그게 정말 힘들대요. 그 사람들에게 일찍 일
어나기란 하기 싫은 일이 아니라 생물학적으로 힘든
일인 거죠. 본인의 의지로만 극복하기엔 주어진 조건
에서 불리하니까. …아, 누나 의견을 완전히 부정하
는 건 아니에요. 제가 바로 아침에 그런 식의 게으름
을 피우는 사람이니까요. 하하, 얄밉죠? 죄송해요. 하
지만 방금 말씀드린 그런 경우도 있을 수 있다고 보

면 누군가의 어떤 상황도 절대 이해 못 할 일은 없다는 걸 말씀드리고 싶어요. 그러고 보니 그런 생각이 정리된 문구를 언젠가 본 적이 있는데….”

건우가 눈을 감고 검지로 관자놀이를 톡톡 두드리다가, 이내 눈을 번쩍 뜨며 외쳤다.

“생각났어요! 어느 신학자가 정리한 기도문이에요. ‘평온을 위한 기도!’”

건우가 나와 눈을 맞추며 차분하게 읊기 시작했다.

바꿀 수 없는 것을 받아들일 수 있는 평온과,

바꿀 수 있는 것을 바꾸는 용기와,

이 둘을 분별할 줄 아는 지혜를 주소서.

“어차피 우린 다른 사람과 어울려 살아야 하고, 자기 뜻대로만 할 수 없는 상황도 맞닥뜨리잖아요. 그러니 내가 바꿀 수 있는 것과 없는 것을 구분하고 노력해 볼 건 노력하고 받아들일 건 받아들이는 게 스스로가 평온하게 사는 방법이란 의미겠죠?”

바꿀 수 없는 것은 받아들이고, 바꿀 수 있는 것은 바꾸고, 그보다 먼저 그 둘을 분별해 괜한 괴로움에 빠지지 않는 것. 결국 서로의 다름을 인정해야 평온할 수 있다는 얘기인 듯했다.

머릿속에서 그렇게 건우의 말을 정리하자 놀랍게도 꽉 막혔던 마음에 바람구멍이라도 뚫린 듯 시원해졌다. 격앙되었던 마음도 차분히 가라앉으면서 어쩌면 그 친구와 나의 우정은 보통의 우정과는 시작이 달라서, 서로의 필요로 만났기에 더 쉽게 어긋났을지도 모른다는 생각이 들었다.

나의 필요는 '이 세상에 혼자'라는 두려움을 없애줄 존재였다. 외로움과 동일시될 수도 있을 그 감정을 혼자서도 잘 살아온 내가 두렵다고 표현하는 게 어울리지 않는다는 걸 안다. 하지만 돈도 없고 기댈 사람도 없이 홀로 모든 걸 해결하면서도 실은 힘들 때마다 매번 도움을 줄 누군가가 있었으면 하고 바랐다.

언젠가 독감에 걸려 학교도 나가지 못하고 이불로 온몸을 감싼 채 끙끙 앓은 적이 있다. 물 한 모금도 삼키기 힘들 만큼 목은 붓고 열이 40도에 육박하게 치솟는데도 몸은 한기 때문에 덜덜 떨렸다. 머리가 깨질 듯한 두통으로 고개를 들기 힘들 정도였는데, 내게는 간호해 줄 사람도 도움을 청할 만한 사람도 없었다. 응급차를 부를 만큼 중한 상태인지도 혼자서는 판단이 안 됐다. 온몸을 관통하는 통증을 고스란히 느끼면서 고통을 참아내기 위해 내가 할 수 있는 유일한 일은 소리를 내지르는 것뿐이었다. 소리라도 지르면 아픔을 잠시나마 잊을 수 있을 것 같아서 이불을 뒤집어쓰고 비명을 질렀다. 그렇게 버텨 이겨냈다. 하지만 그날 이후 두 번 다시 같은 상황을 맞고 싶지 않았다. 그래서 다시 그런 상황에 처하면 연락할 누군가를 원했던 거다. 도와주러 달려올 수 있는, 기왕이면 가까운 거리에 있는 사람이.

그런 순수하지 못한 마음으로 만든 친구였으니 더 깊은 배려를 못 한 건지도 모른다.

문득, 건우는 나보다 나이도 어린데 어떻게 이렇게 생각이 옹골찰까 부러웠다. 조금 전에 내 나름으로는 설명을 위해 한 말이 오히려 상대적으로 편협한 나의 내면을 드러낸 것 같아 민망했다. 그런 기색을 숨기려 일부러 부루퉁하게 말했다.

"학교 다니랴, 영혼들과 소통하랴, 그런 잠언들까지 외우랴. 하루 24시간이 부족하겠어, 강건우 학생."

그때 내 말꼬리를 잡아채듯 소파 테이블에 앉은 남성이 외치는 말이 따라붙었다. 곰 같은 덩치만큼 큰 목소리가 카페를 울렸다.

"내가 복싱을 해봐서 아는데, 미간에 재빨리 잽을 날리면 반사적으로 눈이 감겨서 시간을 벌 수 있다니까요?"

"아니, 칼을 든 사람한테 그 정도까지 가까이 다가가는 거 자체가 위험하잖아요!"

맞은편 여성 중 한 명이 어이없어하며 반박했다.

그런데 방금 뭐라고? 칼을 든 사람?

"맞아요! 그런 위험한 사람 얼굴에 잽을 날리느니 차라리 들고 있던 가방을 그 사람한테 던지고 반대쪽으로 뛰는 게 낫죠! 안 그래도 그 사건 이후에 나온 안전 지침에서 반격 같은 거 할 생각은 하지도 말고 무조건 도망가라고 했어요!"

옆에 앉은 다른 여성도 거들었다. 안전 지침? 도망? 도대체 무슨 일 때문에 저리들 날을 세우는 거지? 잠깐… 뭔가 기억이 날 것도 같….

"누나, 그…!"

건우가 다급히 뭐라고 외쳤지만 귀에 들어오지 않았다. 신경이 온통 그들의 대화에 집중되면서 남성이 반론하는 목소리만 들렸다.

"하, 이분들이 진짜 뭘 모르시네! 그렇게 도망치다 어디 잘못 걸려 넘어지기라도 하면? 오히려 바로 붙잡혀서 공격당하는 거죠! 정 잽을 못 날리겠으면, 그래, 차라리 그놈을 양팔로 꽉 껴안아서 옴짝달싹 못하게….”

"저기요! 그쪽같이 덩치 큰 남자면 몰라도 저희처럼 보통 체격의 여자에게 그런 건 절대 불가능하다고요! 설령 남자를 붙드는 데 성공한다고 해도 그 사람이 팔에 힘만 살짝 주면 풀려버릴걸요? 그리고 애초에 칼까지 든 남자를 여자가 어떻게 붙들어요? 그 전에 칼에 찔리지나 않으면 다행이지!"

순간 머릿속이 하얘졌다가 삽시에 어떤 장면들로 채워졌다. 이건…?

건우가 당황한 얼굴로 자리에서 일어나며 다시 외쳤다.

"누, 누나, 이만 나가요! 그, 그러고 보니 꽃거지가 신림역에서…!"

하지만 나는 이미 머릿속을 채운 장면들을, 잠시 잊고 있던 그 기억을 모두 돌아본 후였다.

저들이 이야기하는 신림역 칼부림 사건의 피해자, 그게 바로 나였다.

그날,
신림역 4번 출구

나는 중학교에서 사회 과목을 가르치는 교사였다. 특별한 사명감을 가지고 택한 일이 아니었기에 그저 직업으로서 책임을 다하기 위해 노력하며 5년 넘는 시간을 보냈다. 불과 얼마 전 영화 동아리 학생들의 지도교사가 되기 전까지는.

원래 지도하던 선생님이 다른 학교로 가시면서 연차가 낮은 내게 짐처럼 떠맡겨진 일이었다. 처음엔 번거로운 업무가 하나 더 생긴 상황이 탐탁지 않아서 다른 업무와 다를 바 없이 대하고 처리했다. 맡은 기간이 어서 끝나기만을 바랐다.

그런데 학생들은 달랐다. 학교 수업 중에는 졸기도 하고 딴짓도 하던 학생도 동아리에서는 전혀 다른 모습을 보였다. 자신들이 만들고 싶은 작품을 위해 인터넷을 뒤져 시나리오와 스토리보드를 작성하는 법을 찾아내더니, 자발적인 스터디로 연출과 편집을 익히고 영화가 완성되기까지 전 과정을 분업과 협업으로 해냈다. 절대적인 실력은 단연 부족하겠지만 영화를 향한 열정만은 전공 대학생들에게도 뒤지지 않을 거 같았다.

한번은 방과 후 야외 촬영을 하면서 뒷배경을 가리기 위해서 천막을 쳐야 했는데, 기둥을 세울 마땅한 방법이 없어서 학생들 몇이 직접 천막을 잡고 배우들 뒤에 서 있기로 했다. 촬영을 마친 후 자리를 정리하는데 천막을 잡았던 아이 한 명에게 학생들이 우르르 몰려갔다. 무슨 일인가 싶어 가보니 아이의 손등에 칼날로 벤 듯한 상처와 피가 보였다.

"뭐야, 어쩌다 이랬어?"

"저기에 날카로운 게 있었나 봐요. 첨에 못 봐서…."

아이는 당황스러운 눈으로 답하며 손가락으로 뒷벽 위를 가리켰다. 촬영 중에 손이 닿았을 법한 위치에 뾰족하게 튀어나온 유리 조각이 반짝였다. 옛날에

방범용으로 담벼락에 심은 깨진 유리가 남은 모양이었다. 물티슈로 아이의 상처를 누른 채 가까운 약국으로 데려가며 다그쳤다.

"너도 참, 베이자마자 알았을 거잖아? 왜 바로 말을 안 했어?"

"그랬으면 촬영 중단되었을 거잖아요. 요즘 해 짧아져서 금방 어두워질 텐데, 그러면 오늘 촬영 못 끝내니까요."

뭐라고 할 말이 없었다. 자기가 잘못해서 내가 화를 낸다고 오해하는 게 분명한 아이의 머리를 조심스럽게 어루만지며 약국 안으로 들어섰다.

그때까지 영화와 관련된 일을 해본 적도 그런 작업에 관해 제대로 알지도 못했지만, 그렇게 열심인 아이들을 보니 나도 공부하지 않을 수 없었다. 적어도 아이들의 말을 이해하고 발맞춰 줄 수 있는 지식을 쌓으면서 한편으론 아이들이 직접 하기 힘든 일을 도왔다. 촬영 장소 섭외라든가, 지자체에서 진행하는 제작 지원금을 받아주는 일 등이었다. 그렇게 내 인생에는 없을 걸로 생각했던 어떤 열정도 조금씩 생겨난 거 같다. 아이들의 노력이 어엿한 결과물로 탄생하는 과정을 함께하면서 내 가슴도 무언가로 인해 뛸 수 있다는 걸 발견했다. 주말에 정신없이 촬영만 한 후에도 피곤함을 느낄 수 없었다. 심지어 그날 단 한 끼도 먹지 않았단 사실을 잠자리에 누워서야 깨달은 날도 있었다. 그런데도 허기짐은커녕 배가 부른 느낌이었다. 벅찬 마음이 눈물로 차오르기까지 했다.

그런 동아리 학생들이 최근 들고 온 프로젝트가 '신림역 꽃거지를 찾아서'였다. 이전까지는 학교에서 경험한 자신들의 이야기를 변형하는 방식으로 영화를 찍었지만 이번에는 다큐멘터리에 도전해 보고 싶다고 했다. 준비하는 프로세스도 찍는 방식도 전혀 다른 장르를 시도하겠다는 아이들을 보며, 나는 그 시절에 차마 생각도 하지 못한 열렬한 마음이 부러워서 더 함께하고 싶었다. 신림역에서 꽃거지에 관한 소문을 확인하고 목격자를 찾기 위한 현장 답사도 그래서 나선 거였다.

그날, 신림역 4번 출구 근처에서 학생들을 만나기로 했다. 함께 주변 가게들을 탐문하고 꽃거지를 목격했다는 사람들의 사전 인터뷰도 진행할 계획이었다. 그러고 나서 시간이 남으면 예전에 자주 출몰했다던 도림천으로 이동해 흔적을 찾아보자고 했다. 하지만 약속 시간이 지나도 학생들은 오지 않고 대신 다른 사람이 내 앞에 나타났다. 광기 어린 눈에 시퍼런 칼을 든 남자였다.

일은 순식간에 벌어졌다. 내가 남자의 존재를 제대로 알아차리기도 전에 그가 달려들며 내 배에 칼을 꽂았다. 곧바로 뺐다가 다시 찔렀다. 그걸 빠른 속도로 몇 번이고 반복했다.

묵직한 통증과 뜨거워지는 감각이 교차하며 혼재했다. 칼에 찔린 복부를 내려다보는 내 시야가 붉게 물들었다. 칼날을 타고 밖으로 튄 피가 공중으로 흩어졌다. 입고 있던 파란 원피스는 피에 젖어 검붉게 변하고 흘러내린 피는 회색빛 바닥에 고였다. 머릿속에서는 여러 생각들이 동시다발로 아우성치고 있었다.

도대체

무슨 일이 일어난 거지?

너무하잖아!

이렇게 죽는다고?!

왜 나한테

이런 일이 일어난 거야?!

어떻게 된 일이지?

불공평해!

어려운 상황에서도

성실하게 살아온 내게

왜 이런 일이…!

왜 나만…!

찰나의 시간을 끝으로 나는 정신을 잃었다. 아니, 바로 직전에는 아이들이 이 자리에 오지 않은 게 다행이란 생각을 했다.

그리고, 죽었다.

*

그 기억을 다시 떠올린 후에야 비로소 건우와 내가 만나게 된 이유를 깨달았다. 건우가 왜 꽃거지를 함께 찾는다는 핑계로 내게 익숙한 장소들을 돌면서 내 이야기를 하게 한 건지 알게 됐다.

'누나.'

걱정이 가득한 얼굴로 나와 마주 선 건우의 목소리가 들렸다. 건우는 입을 열지 않고 텔레파시를 보내는 것처럼 생각을 전했는데 이게 건우가 일반적으로 영혼과 소통하는 방식인 모양이었다. 조금 전까진 죽음을 인지하지 못한 영혼인 나를 배려해서 산 사람과 대화하는 것처럼 흉내 낸 듯했다.

건우가 애처로운 마음으로 나를 보고 있었다. 스스로 영혼인 것을 인지하고 나니 나도 건우의 마음을 자연스레 읽고 말을 전할 수 있었다.

'넌 날 돕기 위해 온 거였구나. 나를 위로해 주려고, 내 죽음을 안타깝게 여겨서 도와주려고….'

'모두 기억해 낸 거죠? 어때요? 괜찮아요?'

말없이 고개를 끄덕였다. 하지만 나는 형체가 없기에 건우가 그런 시늉을 볼 수 있는지는 알 수 없었다. 나는 사람의 형상이 아닌 에너지 덩어리로 바뀌어 있었다. 옅은 빛을 뿜는 투명한 구슬 같은 모습으로 공중에 뜬 채였다.

'생을 갑작스레, 안타깝게 마감해서 억울하고 힘들었을 거예요. 그래서 가야 할 곳으로 가지 못하고 관계를 맺은 사람들과의 추억을 더듬으며 신림역 주위를 배회한 거예요. 누나가 마지막으로 기억하는 꽃거지라는 존재에 집착하면서요.'

'그래, 그랬나 보네…. 넌 내가 그 여정을 제대로 마칠 수 있게 도와준 거구나?'

건우가 무겁게 고개를 끄덕였다.

죽음을 맞닥뜨렸을 때 느낀 어둡고 무거운 기운이 다시 나를 감쌌지만, 건우가 말한 '가야 할 곳'으로 간다면 그걸 곧 벗어날 거란 느낌이 들었다.

'이제는 내가 가야 할 곳으로 갈 수 있을까? 떠날 수 있게 된 거지?'

'아마도요. 제가 도와드리기도 할 거고요. 자, 그럼 시작해 봐요. 누나가 이 세상에 더 이상 미련이 없다는 걸 되새기면서 마음을 가라앉히세요.'

건우의 안내에 따라 속으로 읊조리자, 묘한 떨림과 함께 거대한 피로감이 파도처럼 나를 덮쳤다. 이렇게 피곤한 느낌은 난생처음이었는데, 순식간에 눈이 까무룩 감기는 것처럼 멍해졌다. 아무 생각도 하기 싫어졌다. 내게 아직 몸뚱이라는 게 있다면 그게 자꾸만 아래로, 땅 밑으로 꺼지는 것 같았다. 그렇게 깊숙한 아래로 뚫고 들어가 영원한 잠에 빠져들고 싶었다. 주위가 적막한 어둠에 잠기면서 마침내 그 생각마저 멈췄다.

그렇게 끝인 줄 알았다.

하지만 더 이상의 변화는 일어나지 않았고 나는 막연한 느낌에 다시 눈을 떴다. 얼뜬 표정으로 나를 향해 선 건우가 보였다.

'어떻게 된 거야? 왜 내가 아직 여기에 있어?'

'그게… 아무래도 누나가 아직 이곳에서의 여정을 마무리하지 못한 모양이에요.'

'마무리하지 못했다고?'

'혹시 뭔가 떠오르는 건 없어요? 확인하고 싶은 게 있다거나 누군가에게 못다 한 말이 있다거나.'

확인하고 싶은…. 그 말을 되뇌자 골목길에서 본 불량한 학생들과 도림천에서 부딪칠 뻔한 학생들의 모습이 번뜩였다. 신경이 쓰인 애들이었지만 그렇다고 내가 가르친 학생들은 아니었다. 예전 학생들이 그리워서 그들을 떠올린 걸까? 순간 설명할 수 없는 어떤 감각이 나를 감쌌다. 이어 거칠고 차가운 물살 같은 기운이 몸을 관통하더니 삽시에 나를 다른 장소로 이동시켰다. 내가 살아 있다고 생각했을 땐 사람처럼 움직였지만 영혼임을 자각하자 생각만으로도 이동할 수 있게 된 듯했다. 그러나 그렇게 바뀐 눈앞의 풍경에 폭풍우처럼 휘몰아친 공포가 나를 덮쳤다. 진저리가 날 정도로 끔찍한 감각이 에너지일 뿐인 나의 숨마저 틀어막았다.

나는 내가 죽음을 맞은 신림역 4번 출구의 그 자리에 있었다.

아찔해 혼미해지려는데 한 무리의 아이들이 보였다. 영화 동아리 학생들이었다. 아이들은 내 숨이 끊긴 그 자리에 국화꽃을 가지런히 놓은 채 고개를 떨구고 있었다.

학생 하나가 울음을 터트렸다.

"나 때문이야. 나 때문에 선생님이…!"

옆에 선 친구들이 어깨를 다독였지만 울던 아이는 그 손을 곧장 뿌리쳤다.

"군것질하자고 너희를 꼬드긴 탓이야! 우리가 제시간에 도착했으면 선생님은 우리랑 꽃거지를 찾으러 갔을 거야! 그러면 지금도 살아계셨을 거라고! 솔직히 말해봐, 너희도 속으론 그렇게 생각하고 있었지? 다 나 때문이라고 생각하잖아! 흐어어엉!"

아이는 끝내 오열하며 주저앉았다. 어린 마음에 자리한 자책감이 오롯이 느껴지면서 내 에너지가 공명해 울음처럼 진동했다. 영혼은 이런 식으로 마음을 느끼고 더 깊이 이해할 수 있는 모양이었다.

"아니야, 아무도 널 말리지 않았잖아. 선생님이 기다리고 계신 걸 빤히 알면서도 다 같이 간식에 정신이 팔려서 시시덕거리기만 했어. 그러니까 우리한테도 잘못이 있어, 다 같이 잘못한 거야."

"맞아, 다 잘못했어. 그러니까 너무 자책하지 마…"

그러나 그렇게 달래는 아이들도 정작 자신이 느끼는 자책감을 어쩌지 못해 울먹였다.

죽음을 맞던 순간이 거듭 떠올랐다. 억울하고 답답해서 어찌할 바를 모르던 당시의 마음을 돌아봤다. 왜 열심히 살아온 내가 이유도 없이 그런 일을 당해야 하는지 이해할 수 없어서 하늘을 원망했다.

하지만 지금의 마음은 확연히 달랐다. 이제껏 경험한 적 없는 평온의 세계에 들어온 기분이었다. 누군가가 나를 포근히 안고 있는 것처럼 생전에는 느껴본 적 없는 안락함이었다. 아주 어릴 적, 순수한 어느 순간 이후로 이렇게 평안하고 좋은 느낌을 받은 적이 있었나 싶을 정도로 이상하리만치 좋은 기분이었다. 그래서 아이들의 슬픔이 느껴져도 나는 전혀 슬프지 않았다. 내 존재가 세상을 흘러가게 하는 하나의 조각이었고 그 역할을 완수했기에 휴식이 주어진 걸 자연스레 깨달아서였다. 건우가 읊어줬던 인디언의 시가 떠올랐다. 영혼이 되면 이 모든 걸 느끼고 알게 된다는 것을, 건우는 진즉 알고 있었다.

신기하게도 그런 생각을 따라 눈앞에 다양한 장면들이 펼쳐졌다. 내 영혼이 삼차원의 인간 세계에 갇

히지 않았다는 걸 깨닫자, 사차원의 세계를 보고, 느끼고, 알 수 있었다. 새로운 세계는 시간과 공간의 구분이 없었다. 내가 살아온 과거나 현재에 한정되지 않고 미래까지 동시에 보였다.

나는 여러 시공간의 장면 중에서 한 장면을 택해 집중했다. 지금으로부터 불과 며칠 전이었다.

나는 영화관의 관객처럼 철저한 관찰자였지만 눈앞에 보이는 두 사람의 마음과 생각을 느끼고 읽을 수 있었다. 둘 중 한 사람은 건우, 그리고 마주 앉은 다른 사람은 노년에 막 접어든 여성이었다. 세월의 흔적으로 인상이 약간 변했지만 나는 즉시 알아봤다. 다시 보게 될 거라고는 생각지도 않은, 남자 때문에 자식을 버린 그 여자였다. 어머니, 나의 엄마.

어머니는 울먹이며 건우에게 읍소하고 있었다. 신림역 칼부림 사건의 피해자로 의심되는 유령이 사건 현장 인근에서 목격되곤 한다는 소문에 건우를 찾아가 의뢰한 것이었다.

"나 때문이에요. 내가, 내가 의연이를 안 떠났다면

이런 일이 생기지는, 이렇게 억울하게 갈 일은…! 내가 잠깐 미쳤던 거예요, 애가 아무리 야무져도 엄마라는 사람이 옆에 있었어야지. 아니지, 나중에라도 다시 찾아가서 같이 살았으면, 그날, 그 자리에 의연이가 있지는 않았을 텐데! …그땐 그저 미안해서, 그 어린 걸 두고 떠나놓고 이제 와 다시 찾아가는 게 염치가 없어서 그랬는데…. 흐흐흑!"

엄마가 느끼는 미안함과 죄책감, 후회, 사랑, 슬픔, 안타까움이 섞인 모두 섞인 감정이 소용돌이처럼 나를 휘감았다.

너무 거대하고 무거운 감정이 가진 엄청난 에너지에 실체적 존재가 아닌 나는 막대한 기세의 바람이라도 맞은 것처럼 흔들렸다.

그와 동시에 서랍의 돈이 엄마의 실수가 아니었다는 사실도 깨달았다.

시험의 정답지를 본 것처럼 그냥 알았다.

엄마는 처음부터 현금을 다 끌어모아 내게 남기고 떠난 거였다.

'엄마. 고마워요.'

현재의 그녀에게 인사를 전하자 경기도의 어느 식당 주방에서 설거지하던 엄마가 멈칫해 주위를 둘러봤다.

이후 TV 채널을 돌리듯 연달아 다른 장면들도 빠르게 스쳤다. 뉴스에서 나의 죽음을 본 전 남자 친구가 마음 아파하는 모습, 내 소식을 알게 된 동네 친구가 미안해하고 그리워하는 모습, 카페 사장님들이 안타까워하는 모습과 제자였던 학생들이 눈물로 나를 기리는 모습까지. 그 후엔 내가 살면서 조금이라도 스친 이들의 목소리가 노랫가락처럼 주위를 맴돌았다. 모두 내 영혼이 평안하길 바라는 기도 소리였다.

언제나 혼자라고 생각하고 살았지만, 그래서 그들에게 온전히 마음을 열지 못했지만, 많은 이들이 나를 사랑해 주고 아껴주고 마음을 주었다는 걸 느끼자 형언할 수 없는 감각이 따스하게 나를 보듬었다. 다시금 내 영혼이, 삶이, 내가 온전히 완성되는 느낌이었다.

뒤늦게 건우가 숨을 몰아쉬며 내 에너지가 있는 곳에 도착했다. 호흡을 가다듬으며 주위 사람들은 눈치챌 수 없게 말을 전했다.

'누나, 뭔가 찾았어요? 떠나지 못한 게 저 애들 때문인 거예요? 혹시 그날 만나기로 한 학생들?'

'맞아. 애들 잘못이 아닌데 그 일 때문에 너무 자책들을 하고 있어. …건우 네가 내 말을 좀 전해주지 않을래?'

건우가 결연하게 고개를 끄덕이자 곧바로 아이들에게 하고 싶은 말이 떠올랐다. 건우는 그걸 바로 알아채곤 아이들에게 말을 걸었다.

"애들아, 잠깐 나 좀 볼래? 진 선생님이 너희들한테 전해달라신 말씀이 있어."

"네? 진 선생님이요?"

동아리 회장이 경계심 가득한 눈으로 건우를 봤다. 하지만 건우는 옆에 선 학생들을 차례로 보며 담담하게 말했다.

"너희들, 진 선생님이 지도하시던 영화 동아리 학생

154

들 맞지? 선생님은 너희가 이렇게 자책하며 슬퍼하는 걸 바라지 않으셨어. 그래서 나한테 말을 전해달라고….”

“선생님은 돌아가셨잖아요! 근데 언제, 어떻게 형한테 부탁했다는 거예요? 말이 안 되잖아요!”

군것질을 주도한 일로 오열했던 아이가 소리쳤다. 아이의 혼란스러운 마음이 내게도 전해졌다. 아리고 아렸다.

건우는 잠시 고민하다가 조심스레 다시 입을 뗐다.

“그러니까 그게…. 음, 실은 나도 그때 이 자리에 있었거든. 돌아가시기 직전에 너희들이 걱정된다면서 마지막 말을 나한테 남기신 거야.”

“정말요? 그 말이 진짜예요? 선생님이 뭐라고 하셨는데요!”

다른 아이가 불쑥 튀어나오며 물었다. 천막을 드느라 손등이 베였던 아이였다. 아이의 가슴속에서 몽글거리는 반가움과 슬픔이 뒤섞인 마음이 공기를 타고 내게 흘러들었다. 조금 축축하지만 따스한 그것은,

그리움이었다.

"진 선생님은 이 말을 너희에게 꼭 전해달라고 하셨어. …선생님의 삶이 여기서 끝나도 그건 절대 너희의 잘못이 아니라고."

아이들의 얼굴이 숙연해졌다. 다시 눈물이 차면서 얼굴이 붉어진 아이도 있었지만, 대부분은 건우의 입에서 다음 말이 이어지길 기다리며 기대에 찬 표정이었다.

"그리고… 선생님은 주어진 삶을 후회 없이 살기 위해 자신이 할 수 있는 최선을 다했고, 또 해냈다고 믿으셨어. 자기답게 살았기에 만족스러운 삶이셨대. 또 덧붙이시길… 너희에게 정말 고맙다더라."

"네? 저희한테… 고맙다고요?"

회장이 눈살을 찡그리며 의심이 가득한 투로 되물었다.

"사실 선생님이 교사가 된 건, 그냥 가장 안정된 직장이라고 생각해서였대. 하지만 너희 동아리를 지도하면서, 너희와 함께 영화를 만들면서 혼자서는 몰랐던 열정과 재미에 정말로 즐겁고 행복한 시간을 보내셨대. 그래서 그날 이 자리에 오신 것도 후회하지 않으신댔어, 자신의 선택이었으니까. 너희가 죄책감을 가지는 것도 마땅치 않다고 하셨어."

아이들은 잠시 약속이라도 한 듯 멍한 눈으로 건우를 보다, 누군가의 훌쩍이는 소리를 시작으로 일제히 울음이 터졌다. 애써 누르고 있던 감정이 폭발했다.

길을 지나던 사람들이 놀라서 쳐다봤다. 그들은 아이들이 슬픔을 가누지 못해 우는 걸로 생각했지만 영혼인 나는 그 눈물의 역할을 알았다. 아이들의 마음을 짓누른 죄책감을 완전히 사라지게 하진 못하더라도 그 무게는 줄일 거였다. 그러고도 아이들의 마음에 남은 게 있다면 언젠가는 그것마저 깃털만큼 가벼워져서 날아가 버리기를 바랐다.

어느새 아이들은 둥글게 부둥켜안은 채 서로를, 자신을 달래고 있었다. 나도 다가가 팔이라고 할 만한 에너지의 줄기를 넓게 펼쳐 감싸안았다. 실체였다면 불가능했을 포옹이 에너지인 영혼이라서 가능했다.

예민한 아이 하나가 그걸 느꼈는지 친구들에게 속삭였다.

"저기, 이런 말 이상하지만… 어쩐지 선생님이 지금 옆에 계신 것 같아."

"어? 사실 나도…."

"우리 이번 다큐멘터리 잘 완성해 내자."

"그래! 선생님을 위해서라도, 꼭!"

아이들이 마지막 울음을 삼키며 각자의 다짐을 했다. 회장 아이가 한 손을 가운데로 힘차게 뻗자 너나 할 것 없이 차례로 손을 겹쳤다.

회장 아이가 큰 소리로 외쳤다.

"진의연 선생님! 하늘에서 꼭 지켜봐 주세요! 선생님을 위해서라도 이번 영화, 멋지게 완성해 낼게요! 아자!"

합쳐진 손이 하늘을 향해 번쩍 솟았다. 아이들의 벅찬 마음이 내 영혼을 가득 채웠다. 흔들었다. 뿌듯하고 대견해서, 나는 이미 가벼운 에너지였지만 더욱 날아갈 것만 같았다. 그 순간, 묻혀 있던 기억 속 장면

하나가 불쑥 고개를 내밀었다.

이건…!

그때 깨달았다. 나에게 꽂거지는 단순히 생에 대한 미련이나 집착이 아니었다. 내가 이 세상을 떠나기 전, 반드시 해결해야 할 남은 사명과 관련이 있었다. 알 수 없는 이끌림을 따라 건너편 폐건물 꼭대기를 바라봤다. 예상했던 존재가 그곳에 있는 걸 확인하곤 바로 건우에게 외쳤다.

'건우야! 당장 유령 백화점 옥상으로 와!'

다시 고개를 돌렸을 때, 나는 이미 그곳에 있었다.

신림사거리,
유령 백화점

13년째 유치권 행사로 폐허가 되어버린 건물은 '신림사거리 유령 백화점'으로 불렸다. 내가 인근으로 이사 온 즈음에 건물을 올리고 있었는데, 무슨 이유에선지 건축이 멈췄고 짓다 만 건물과 주변은 붉은 페인트와 플래카드로 도배되었다. 그 후 얼마 지나지 않아 을씨년스러운 기운이 감도는 폐건물이 되었다.

그리고 지금, 그 유령 백화점 14층 옥상의 난간에 고등학교 교복 차림의 여학생 하나가 서 있었다. 텅 빈 눈으로 아래를 내려다보는 여학생은, 나이가 들면서 키도 체형도 변했지만 눈빛만은 3년 전과 똑같았다. 내 질타에 하염없이 흔들리던 그때의 눈빛과.

중학교 2학년인 것치고도 왜소한 체격에 항상 고개

를 숙이고 다니던 여학생이었다. 담임인 내게 상담할 일이 있다고 찾아왔지만 자신이 겪고 있는 일을 설명하는 것조차 힘들어하면서 그저 도와달라는 말만 되풀이했다. 그런 아이를, 나는 답답한 나머지 스스로 보호할 생각은 왜 못 하냐며 다그치고 말았다. 아이는 예상치 못한 말에 눈만 크게 뜬 채 나를 바라보다가 곧 눈물을 감추려 고개를 숙이고 뛰쳐나갔었다.

그리고 며칠 후 쉬는 시간, 교무실로 돌아가던 복도에서 아이를 다시 봤다. 서너 명의 다른 학생에게 둘러싸여 죄라도 지은 듯 바닥만 주시하고 있었다. 나는 아이가 대처하는 모습을 지켜보기 위해 계단 모퉁이에 몸을 숨겼다.

"야아, 너 솔직히 말해봐! 그 거지 아저씨가 잘생겨서 먹을 거 챙겨준 거잖아?"

"아, 아니야, 그런 게 아니라… 배가 많이 고프실 것 같아서, 그냥 먹을 걸 좀 사드린…."

채근한 학생은 장난스럽게 웃으며 아이의 이마를 손가락으로 밀었다.

"아니긴 뭐가 아니야? 꼴에 거지도 외모 따지는 거야? 왜? 응? 네가 뭐라고?"

말끝마다 밀어대는 손가락에 아이의 머리가 위험스럽게 뒤로 밀렸다가 돌아오길 반복했다. 그러나 아이는 시선을 내리깐 채 아무런 반항도 하지 않았다. 나는 그런 아이를 보며 아랫입술을 세게 깨물었다. 왜 당하고만 있는 건데? 반격해야지!

"오호, 친구 빵은 못 사줘도 잘생긴 거지는 사주고 싶었어? 심지어 요즘 구하기도 힘든 꿀 감자 과자까지 같이 줬던데? 나한텐 싫은데 꽃거지한텐 막 퍼주고 싶었어? 야아, 너 진짜 웃긴다? 왜 조용히 있어? 변명이라도 해보라고!"

빵셔틀을 시키면서 친구를 운운해? 꽃거지는 또 뭔데?

가해 학생이 말도 안 되는 꼬투리를 잡으며 점점 더 세게 아이의 이마를 쳐대자, 아이는 고개가 뒤로 젖혀지며 그 여파로 몸까지 밀렸다. 복도 유리창에 머리를 세게 찧었다. 더 이상 두고 볼 수 없어 내가 모습을 드러내자 무리 중 한 아이가 재빨리 소리쳤다.

"야야, 진따 떴어! 튀어!"

"너희들, 거기 서! 당장 못 서?"

하필 그때 수업 시작종이 울려버렸다. 썰물처럼 흩어지는 학생들 사이로 녀석들이 섞여 들어갔고 정신을 차려 보니 아이도 어느새 사라지고 없었다. 내가 또 자신을 혼낼까 봐 피한 것 같았다.

영화 동아리 아이들이 꽃거지에 관한 다큐를 찍겠다고 했을 때 그래서 마음이 더 동했는지도 모르겠다. 상담 당시엔 내 기준으로만 판단하고 아이의 사정은 헤아리지 못했다. 왜 대항하지 않고 당하고만 있었냐며 닦달하고 상처를 줬다. 그래 놓고선 미안함과 죄책감은 있었던 모양이다.

그리고 지금, 난간에 올라선 아이를 보면서 동시에 보인 사차원의 세계를 통해 아이가 겪은 학교 폭력은 내가 생각한 것과 확연히 달랐다는 걸 알게 됐다. 당시 아이가 가해 학생들에게 당할 때 느낀 극심한 공포가 나에게 전이되면서 진정으로 아이의 입장에 설수 있었다. 가해 학생의 얼굴을 떠올리면 심장을 조이는 두려움으로 숨을 쉬기조차 어려웠고 그 목소리는 칼로 살갗을 에는 듯한 고통을 줬다. 머릿속으로 상상하는 것만으로도 몸서리쳐졌다.

내게 아직 형체가 남았다면 심장이었을 부위가 묵직해졌다. 왜 그때 아이를 제대로 이해할 노력을 하지 못한 건지, 왜 그렇게 편협하고 냉정한 말만 내뱉은 건지 후회됐다. 어른으로서, 특히 교사로서는 절대 해서는 안 될 말과 행동이었다. 할 수만 있다면 당장 아이의 기억에서 내가 준 상처를 모조리 지우고 싶었지만 그건 후회를 없애고 싶은 나의 욕심일 뿐이었다. 당장은 아이의 위급 상황을 해결하는 게 먼저였다. 그날 이후로도 괴롭힘은 지속되었고, 도움을 청하지 못하고 혼자 감내해 온 아이는 그것에서 벗어날 유일한 방법이라고 생각한 일을 지금 저지르려고 하고 있었으니까.

저번엔 아이를 돕지 못했지만 이번엔 해내야 했다.

잘못된 선택을 막고 지난 나의 잘못에 대해서도 사과해야 했다. 그땐 내가 타인을 이해하는 방법을 똑바로 알지 못했다고, 내가 부족해서 네가 그렇게 괴롭고 아프고 무서울 줄은 상상도 못 했다고 알려줘야 했다.

마침 건우가 옥상에 도착했다.

"헉, 헉! 여긴 또 왜요? 하필이면 공사도 안 끝나서 엘리베이터도 없 ….."

숨을 몰아쉬던 건우가 난간에 선 아이를 보고 놀라 푸념을 멈췄다.

인기척을 느낀 아이가 돌아봤다. 낯선 남자의 등장에 얼굴이 하얗게 질려 물었다.

"누, 누구세요?"

"학생, 지금 뭐 하는 거야? 위험하니까 빨리 거기서 내려….."

"가까이 오지 마요! 왜! 왜 이런 것조차도 내 맘대로 못 하는 건데?"

아이가 짜증스럽게 외쳤다. 눈에는 눈물이 그렁했

다. 자신이 마지막으로 선택한 일조차 마음대로 할 수 없다는 사실에 분노하고 있었다.

"아, 알았어, 진정해! …난 여기, 이쪽에서 가만히 있을게. 그러니까 너도 거기서 움직이지 말아줄래? 여긴 너랑 나밖에 없는 상황에서 네가… 네게 무슨 일이라도 생기면 내가 오해받을 수 있잖아. 내 사정 좀 봐주라, 응?"

건우가 한 걸음 물러섰다. 아이는 건우의 말에 생각이 깊어진 표정이었다. 이렇게 마음이 여리니 동급생들의 괴롭힘을 더욱 힘들게 느꼈을 거였다.

'건우야, 이 아이가 바로 그 애야. 내가 얘기한 학폭 피해 학생. 내가 살펴주지 못 했… 아니, 않았던.'

상황을 이해한 건우가 천천히 고개를 끄덕였다.

'내가 아이의 말을 제대로 듣지 못했고 이해하려는 노력도 부족했던 거야. 그러니까 이번엔 네가 좀 도와줘. 저 애가 후회할 선택을 하지 않게 막아줘, 건우야. 부탁할게.'

긴장되는지 건우가 침을 꿀꺽 삼키더니 조심스레

말문을 열었다.

"학생… 무슨 힘든 일이라도 있어? 나한테 얘기해 보지 않을래?"

하지만 아이는 건우의 제안에 관심 없다는 듯 몸을 원래대로 돌려 14층 아래의 바닥을 응시했다. 지금 신경 쓰이는 건 그것밖에 없다는 눈빛이었다. 거기까지의 거리, 걸리는 시간, 떨어질 때 경험하게 될 감각, 그리고 바닥에 닿는 순간 어떤 느낌이 들지, 아픔이나 고통은 어떨지, 아니면 그럴 찰나도 없이 죽음에 이를지에만 집중하고 있었다.

더 이상 시간을 지체하면 막을 기회도 없어질지 모른단 판단에 건우를 재우쳤다.

'건우야, 아이가 언제 몸을 던질지 모르겠어. 그러니까 어서…!'

건우가 반사적으로 걸음을 내디뎠다. 그 기척을 느낀 아이는 난간에 발을 반 정도만 남겨 위태로운 상태로 경고했다.

"오지 말라고요! 한 발만 더 다가오면 오빠가 오해

를 받든 말든 그냥 뛰어내릴 거예요! 내가 아무리 바보 같아도 이것도 못 할까 봐요?"

"아, 알았어! 미안, 미안! 나도 모르게 몸이 움직인 거야. 네 말 알겠으니까 제발 그러지 마. …자, 다시 물러설게. 봐봐. 됐지?"

원래 자리로 돌아온 건우는 이마에 솟은 식은땀을 닦았다.

마음이 급해졌다. 지금 느껴지는 아이의 마음은 일촉즉발의 상태였다. 그러나 어떻게 하는 게 좋을지 판단이 서지 않았다. 설마 이번에도 돕지 못하는 걸까? 아니다, 그럴 리 없다. 이 일이 생에서 마지막으로 수행할 사명이라는 걸 분명 느꼈었다. 돌연, 잊고 있던 뭔가가 머릿속에 떠올랐다. 인터넷 게시판에서 어느 학폭 피해 학생의 아버지가 자녀를 위해 한 일을 읽고선 내가 아이를 위해 챙겨둔 그 물건이. 그걸 얘기하면 아이가 마음을 바꿀 거란 판단에 즉시 건우에게 일렀다.

'건우야! 나한테, 내 유품 중에 쟤한테 필요한 물건

171

이 있다고 말해! 쟤가 당한 학폭과 관련된 증거가 있다고 얘기해 줘!'

"에? 그게 대체 뭔…?"

건우가 자기도 모르게 소리를 내고 말았다. 아이의 눈이 동그랗게 커졌다. 그 눈에 즉시 두려움이 섞인 의혹이 채워졌다. 아니야, 그런 게 아니야….

"아, 저기, 방금은…."

실수를 깨달은 건우가 급히 얼버무리려 했지만 차갑게 가라앉은 목소리가 치고 들어왔다.

"걔네가 보냈어요?"

"걔네? 누굴 말…?"

"뭣 땜에요? 걔들은 내가 얼마나 비참하게 죽는지, 그것까지 확인하고 싶대요? 영상이라도 찍어 오래요?"

아이가 목청을 높여 소리를 질렀다. 분에 찬 마음이 아이의 벌게진 눈에서 눈물로 흘러나왔다.

"오빠는 어른이잖아요! 근데 어떻게 걔네가 시킨다고 이렇게까지 해요? 어떻게 이럴 수가 있냐고요! 오빠는 날 모르잖아요! 아무 관계도 없으면서 어떻게 이렇게까지…!"

큰 소리로 울음을 터트렸다. 아이는 그런 자신이 싫어서 손등으로 재빨리 눈물을 닦아냈지만 끊이지 않는 눈물은 금세 자리를 다시 채웠다.

"아, 아니야, 네가 오해한 거야. 난 걔네랑 상관없어. 진짜 널 도우러 온 거야. 믿어줘."

아이는 눈물과 의심이 섞인 눈으로 건우와 시선을 맞췄다. 판단을 내리지 못하고 혼란스러워했다.

건우는 항복할 때처럼 양손을 들어 보이며 천천히 말했다.

"네가 학교 폭력 때문에 힘들었고 지금도 힘들다는 거, 알고 있어. 나는 사실… 너를 괴롭힌 애들이 아니라 다른 분이 보내서 온 거야."

"다른… 분? 그게 누군데요?"

아이가 멍하니 물었다. 아이의 요동치는 심장 박동 소리가 귓가에서 울렸다. 건우도 아이의 동요를 느낀 듯 더욱 목소리를 가라앉혔다.

"…진의연 선생님."

"네? 하지만 진 선생님은…!"

"맞아, 얼마 전에 돌아가셨지. 근데 돌아가시기 전에 네게 남기신 말씀이 있어."

건우는 말을 이으려 했지만 아이가 고개를 세차게 저으며 끼어들었다.

"그럴 리가, 그러셨을 리 없어요! 진 선생님은, 선생님은 제가 걔네한테 당하기만 하는 걸 이해할 수 없다고 했어요, 한심해하셨다고요! 그런 분이 저한테 말을 남겨요? 거짓말! 오빠 그냥 지금 절 막으려고 이야기를 지어내는 거예요! 그런 거잖아요!"

"아니야, 거짓말 아니야. 그땐 진 선생님이…."

"제가 너무 힘들어서 도움을 청했을 때도 매정하셨던 분이에요! 근데 몇 년이나 지난 지금에 와서 절 위해 말을 남겼다고요? 대체 왜요? 저한테 상처를 주신 건 알긴 하셨대요? 미안했대요? 그래서 말을 남겼다는 거예요? … 왜에! 늦게라도 나서주지, 왜 그땐 아무것도 안 해주고선!"

가슴 어딘가가 송곳에 찔리기라도 한 것처럼 아렸다. 할 수만 있다면 당장 아이에게 무릎이라도 꿇고 사죄하고 싶었다.

아이는 격해진 감정을 다스리려 심호흡하곤 두 손바닥으로 볼에 흐르는 눈물도 야무지게 닦아냈다. 더이상 울지 않겠다는 의지를 담아 담담하게 덧붙였다.

"어쨌든, 이젠 다 끝난 일이에요. 맞아요, 내가 진즉 개네한테서 벗어날 방법을 찾아야 했는데 너무 바보같아서 당하고만 산 거예요. 그래서 누구도 나를 이해해 주지 않았어요. 친구들도 선생님도 심지어 부모님까지도요. 그러니까 이제는 끝낼 거예요. 이것만큼은 내 의지로 해낼 수 있을 테니까!"

아이는 곧바로 건우에게 등을 보였다.

'안 돼!'

크게 외쳤지만 내 목소리는 아이에게 닿을 수 없었다. 빠르게 건우를 불렀다.

'건우야! 네 안에 들어가게 해줘!'

'네?'

'시간 없잖아! 어서…!'

건우는 짧게 멈칫거렸지만 이내 소금물을 들이켰다. 나는 건우에게로 뛰어들었다.

신비로운 감촉이 주위를 둘러싸는가 싶더니 롤러코스터에서 막 내릴 때처럼 어지러웠다. 원래 빙의가 그런 느낌인 건지 건우의 말대로 서로의 에너지 주파수가 맞지 않아서 그런지는 알 수 없었다. 욕지기가 올라왔지만 한시가 급하다는 생각에 정신을 다잡아 고개를 세차게 흔들었다. 그 순간 건우의 몸과 하나가 되었다. 건우의 몸을 내가 제어할 수 있다는 걸 깨닫는 순간, 아이가 난간 밖으로 발을 뻗었다. 안 돼, 미…!

"미주야!"

건우의 목소리였지만 내 소리였다. 아이의 이름이었다.

미주가 멈췄다. 발을 거둬들이고 느리게 몸을 반만 돌렸다. 의아한 눈으로 내가 있는 곳을 응시했다. 건우의 몸으로, 건우의 목소리로 불렀지만, 그게 건우가 아닌 걸 미주도 느낀 듯했다.

"미주야! 선생님이 정말 미안해! 그땐… 나도 겉모습만 어른이었던 거야. 타인을 이해하고 보듬는 능력이 미숙했어. 그래서 실수한 거야. 선생님이 부족해서 너를 제대로 이해하지 못했어."

미주는 무표정한 얼굴로 오도카니 서 있기만 했다. 하지만 무언가를 갈구하는 듯한 얼굴로 바뀌었다. 나는 그게 무엇인지 알 수 없었다. 영혼일 때는 바로 읽었던 상대의 감정이나 생각이 실체인 몸에 들어오니 어렴풋이 가늠하기도 힘들었다. 어쨌든 여전히 위험해 보이는 미주를 일단 내려오게 해야 했다.

"미주야, 비록 늦었지만 실은 내가 널 위해 챙겨놓은 게 있어. 네가 졸업하기 전에 건네줘야 했는데 내가 그걸 놓쳤어. 그것도 미안해."

하필 동네 친구와 연락이 끊기면서 심란하던 시기였다. 그래서 기껏 챙겨둔 증거를 전하지 못했다.

미주는 여전히 아무 말도 하지 않았다. 건우 안에 있는 내 영혼을 꿰뚫어 보기라도 할 것처럼 쳐다만

봤다. 이윽고 감정이 담기지 않은 단조로운 말투로 던지듯 물었다.

"그게 대체 뭔데요."

"걔들은 너를 CCTV가 없는 곳에서만 괴롭혔잖아? 폭행할 때도 상처가 잘 남지 않는 부위만 골라서 교묘하게 때리는 바람에 증거가 남지 않았고. 그래서 네가 나한테 상담했을 때도 마땅한 증거가 없었어. 그런데 내가 다른 업무 때문에 학교 CCTV를 뒤지다가 네가 폭행당하는 장면이 찍힌 파일을 발견했어. 주차장을 넓히면서 새로 설치된 카메라를 걔들이 미처 몰랐던 거야."

미주의 눈이 동그래졌다.

"그 파일을 발견하고서도 왜 그때 바로 알리지 않았는지, 넌 당연히 의아하겠지. 너를 돕지 않은 거라고 오해할 수도 있지만 결코 그랬던 건 아니야. 미주야, 내가 그 일전에 어떤 글을 읽었는데, 한 아빠가 학폭 피해 딸을 도운 이야기였어. 그 아빠는 딸의 피해 사실을 알고서도 바로 처벌을 요구하지 않고 사건과 관련된 증거만 차곡차곡 모았대. 주변 사람들은 그런 아빠를 이해할 수 없어서 딸을 괴로움을 외면하는 것 아니냐고 타박했지만 아빠는 그런 비난에도 딸을 전학만 시키고 조용히 넘어갔어. 그런데 말이야, 시간이 흘러 가해자들이 성인의 나이가 되자, 드디어 아빠가 움직였어. 그동안 모은 자료를 검찰에 제출한 거지. 가해자들이 미성년자였으면 흐지부지 넘어갔을지도 모를 사건을 성인이 됐을 때 더 큰 대가로 치르게 만든 거야. 그렇게 가해자들은 결국 훨씬 무거운 벌을 받았대. 나는… 나는, 미주야. 나도 그땐 딱히 해결 방법이 떠오르지 않아서 차선책을 찾은 거야. 그리고 시간이 조금 더 걸리더라도 너를 괴롭힌 아이들이 합당한 벌을 받아야 한다고, 그러는 게 마땅하다고 생각했어. 그래서 네게 말하지 않고 그 파일을 가지고만 있었어."

미주에게 그 사실을 미리 알리는 게 맞았을지도 모른다. 아니, 함께 상의해서 미주의 선택을 묻는 게 먼저였다. 결과에 이르는 시간을 고통스럽게 버텨야 하는 당사자는 내가 아닌 미주였으니까. 내가 내 삶을 받아들이고 과정의 방식을 선택했듯, 미주 또한 자신의 것을 결정할 권리가 있었다.

미주의 입술이 바르르 떨렸다. 어떤 감정에 의한 반응인지 여전히 헤아리기 어려웠다. 이해? 아니면 여전한 원망?

"맞아, 사실 그것도 너와 먼저 상의했어야 ···."

그때 느닷없는 돌풍이 불면서 미주의 교복 치마가 돛처럼 바람을 품었다. 미주는 중심을 잃고 난간 너머로 휘청이다가 아래로 훅 꺼졌다.

"안···!"

나인지 건우인지 확실치 않지만 반사적으로 날린 몸이 미주의 손목을 잡아냈다.

"미주야! 다른 손으로 선생님 팔 잡아! 어서!"

하지만 미주는 텅 빈 눈으로 올려다보며 힘 빠진 목소리로 물었다.

"선생님은 아직도 제가 못나서··· 그래서 걔네에게 당했다고 생각하시죠? 비슷한 경험이 있지만 선생님은 수월하게 극복하셨댔으니까. 그래서 답답해하셨잖아요. …CCTV 파일도 그때 저를 다그친 게 미안해서 챙기신 거죠? 정말 저를 이해해서 그런 거… 아니잖아요? 안 그래요…?"

그제야 깨달았다. 미주도 문제의 해결보다 응원과 지지가 필요한 사람이었다. 내가 자신의 상황을 이해해 주고 위로해 주길 원한 거였다.

차가운 얼음이 가슴에 얹힌 것만 같았다. 나 때문에 상처받은 미주의 아픈 마음에 정신까지 혼미해지면서 하마터면 손을 놓을 뻔했다. 하지만 곧바로 정신을 차렸다. 눈을 부릅뜨고 다시 손에 힘을 준 채 단호하게 말했다.

"미주야, 솔직하게 말할게. 맞아, 그땐 네 말대로 내가 널 이해하지 못했어. 오롯이 네 입장이 되어 보지 못했으니까. 내가 겪은 일만 생각하고 내 기준에서 가능한 대처만 답이라고 생각해서 너를 답답하다고 생각했어. 하지만 지금은 나도 알아. 네 성격, 네 삶, 네가 처했던 그 상황들을 온전히 볼 수 있고 느낄 수가 있어. 그래서 이해하게 됐어, 미주야. 그게 너로선 최선을 다한 거였다는 걸, 이제는 나도 안다고!"

미주가 눈을 크게 떴다. 마음이 조금 열렸다는 게 힘이 들어간 손목으로 느껴졌다. 그게 신호라도 된 듯 내 시야에 새로운 장면이 펼쳐졌다. 미주의 미래 였다. 미주가 이 시간을 무사히 지나면 맞게 될 인생 이 보였다. 아아, 나는 이걸 미주에게 말해주기 위해 이 자리에 이른 거였다. 이게 바로 내 마지막 사명이 었다.

"네가 믿지 않을지도 모르지만, 나, 방금 네 미래를 봤어. 미주야, 너는… 네 꿈을 이룰 거야. 오늘 이후로 너를 괴롭히는 아이들은 더 이상 네게 두려운 존재가 아니야. 네가 이제 그들을 어떻게 다루면 되는지 깨 달았거든. 그래서 걔들 때문에 괴로워하느라 뒷전에 됐던 공부에 집중해서 원하는 로스쿨에 무리 없이 진 학하고… 결국엔 훌륭한 판사님이 될 거야. 그렇게 너처럼 힘든 시간을 보낼지도 모를 아이들에게 희망 을 주고, 가해자가 될 뻔한 애들도 바른길로 이끄는 사람이 될 거야. …미주야, 미주야. 선생님은 네가 너무 자랑스러워. 고맙다, 정말."

울컥해 말을 마치는데, 채 제어하지 못한 눈물이 아래로 떨어졌다. 미주의 눈물과 하나가 되었다.

"선생님…!"

미주의 목소리에서 감격스러운 떨림이 느껴졌다. 이제 됐다는 확신에 남은 팔을 힘껏 아래로 뻗었다.

"자, 이제 이 팔 잡아. 이 오빠 체격이 아무리 좋아도 더 버티긴 힘들 것 같아. 겉보기엔 엄청 튼실해 보여서 힘도 셀 줄 알았는데 막상 안에 들어와 보니까 생각보다 약골이네? 그러니까 어서 네가 애 좀 도와줘! 미주야, 빨리!"

미주가 눈물범벅인 채로 웃음을 터트렸다. 건우의 손을 맞잡곤 발로 벽을 힘껏 굴러 난간 위로 몸을 올렸다.

미주와 허심탄회한 이야길 나누고 내려보낸 후 나는 자연스럽게 건우의 몸에서 분리되었다. 들어갈 때

어지러웠던 느낌이 무색할 만큼 나올 땐 물 흐르는 것처럼 자연스러웠다.

'고마워, 건우야. 몸은 좀 어때? 그새 살이 많이 빠져 보여.'

'빙의되면 에너지 소모가 많다 보니 정말로 빠졌을 거예요. 그래서 평소에 체력을 만들어두는 거예요, 누가 체대생으로 오해할 만큼 오바해서요.'

'농담할 기운은 남아서 다행이네.'

내 응수에 건우가 따뜻한 미소로 답했다. 마지막 의문을 건우에게 물었다.

'그런데… 내가 계속 꽃거지를 찾은 건 왜였을까? 처음부터 영화 동아리 학생들이나 미주를 찾았다면 더 빨리 사명을 완수할 수 있었을 텐데.'

'누나가 풀어야 할 관계는 영화 동아리 애들과 미주였지만, 꽃거지를 찾으면서 과거를 돌아보지 않았다면 미주의 마음을 끝까지 이해하지 못했을지도 몰라요. 그 여정을 거쳤기에 미주와의 문제도 풀 수 있었던 거죠.'

건우의 말이 맞았다. 나는 누가 잘못해서가 아니라 그저 서로가 다른 존재였기에 생긴 오해를 이해해야 했다. 그 결과, 내 삶의 마지막 시기에 처음으로 무언가에 열정을 품는 경험을 하게 해준 아이들에게 진심을 전하고 내 잘못으로 틀어진 아이의 인생을 바꿀 수 있었다. 나를 버린 엄마의 늦은 후회와 사랑도 확인하면서 나 자신도 위안을 얻었다. 그렇게 지금에 이르러 나란 존재가 단순히 하나의 생명이나 영혼인 것을 넘어 행복과 기쁨으로 충만한 에너지로서 세상을 구성하는 요소라는 것도 이해했다. 태어나고 살아내고 죽음에 이른 후, 마지막으로 모든 걸 돌아보고 정리하는 시간을 보내면서 비로소 내가 완성된 것이다.

'누나. 제가 한 이야기들 다 기억하죠?'

내가 고개를 끄덕이는 느낌을 보내자 건우가 애정을 담은 눈으로 말했다.

'그러면 마지막으로 하나만 더….'

나라고 하는 모든 것은

꿈 같고 환상 같고 물거품 같고 그림자 같으며
이슬 같고 또한 번개와도 같으니,
당연히 이와 같이 보아야 할 것이라.*

세상의 모든 것이 하나고 나는 그 구성의 일부분이라는 깨달음이 다시 한번 내 에너지를 풍성하게 채웠다. 따뜻한 기운이 안에서부터 시작해 내 주변까지 팽창하는 느낌이었다. 그때 시작이 보이지 않는 하늘 높은 곳에서 황금색 문이 열리더니 그 틈에서 나온 빛줄기가 나와 건우가 선 자리로 스포트라이트처럼 쏟아졌다. 뒤이어 금빛인지 은빛인지 모를 색으로 번쩍이는 계단이 그걸 따라 뻗어 내려왔다. 눈 깜짝할 새에 하늘에서 옥상까지 이어진 계단이 완성됐다. 그리고 그 계단을 타고 강아지 한 마리가 껑충껑충 뛰어 내려왔다. 내 발치까지 오더니 반가운 기색을 눈에 가득 담은 채 올려다봤다.

* 『금강경(金剛經)』

'세상에! 너 혹시 타이야?'

'왕!'

깜짝 놀라 건우에게 외쳤다.

'건우야, 얘 원래 되게 아기였는데 그때보다 많이 자랐어!'

'아하, 얘가 타이군요! 천국으로 먼저 가서 기다리는 동안 누나가 그리워하는 마음을 먹고 자랐을 거예요. 반려동물은 죽은 후에도 주인의 사랑으로 성장하곤 하거든요. 어라? 근데 머리에 작은 뿔이 있네요. 타이가 누나의 진묘수가 되었나 본데요?'

건우의 말대로 타이의 이마에 새끼손가락 한 마디 크기의 동그랗게 말린 뿔이 보였다.

'정말 없던 뿔이 생겼네? 그런데 진묘수라니? 그게 뭔데?'

'우리 조상님들이 무덤을 지키는 수호 동물로 상상한 신수인데 영혼을 안내하는 일도 한다고 전해져요. 타이가 진묘수가 되어서 누나가 다시는 길을 잃지 않도록 안내하러 왔나 봐요.'

건우가 흐뭇한 눈으로 타이를 보며 말했다.

내가 에너지로 타이의 머리를 어루만지자 녀석은 예전처럼 혀를 내밀고 꼬리를 마구 흔들었다. 포근한 기운이 타이에게서 뿜어져 나오는 동시에 하늘에서 내려온 계단은 자력처럼 강하게 나를 끌어당겼다.

'건우야. 나 이제 가야 하나 봐. 고마워, 네가 해준 모든 게 다.'

건우는 만면에 미소를 올리더니 한 걸음 뒤로 물러섰다. 정중하게 오른손을 가슴에 올리고 허리까지 깍듯하게 숙였다.

'진의연 님. 이 세계를 완성하는 숭고한 여정에 임하느라 수고가 많으셨습니다. 이제 고요하고 평화로운 안식처에서 안온히 쉬시길.'

나도 온 마음과 에너지를 다해 건우에게 맞인사를 하곤 계단으로 향했다. 건우가 나처럼 길 잃은 영혼을 돕는 일을 계속해 주기를 바라며, 그게 온전히 건우의 덕으로 쌓이기를 기원하며 첫 번째 계단 위로 올라섰다. 그런데 바로 타이가 앞질러 올라갔다. 안

내자의 역할을 충실히 하고 싶은 모양이었다. 녀석을 따라 계단을 하나하나 천천히 디디자 오를수록 온몸에 차오르는 행복감은 더욱 커졌다.

나는 타이와 함께 찬란한 빛에 시나브로 스몄다가, 곧 그 빛이 되었다.

에필로그

건우는 쓰러질 것 같은 몸을 간신히 가누어 건물 1층까지 겨우 내려왔다. 올라가는 것도 고역이었지만, 빙의 후 탈진한 몸으로는 그것도 예삿일이 아니었다. 후들거리는 다리 때문에 발목을 접질릴 뻔한데다, 영혼을 빙의시키느라 마신 소금물로 인한 갈증도 참기 힘들었다.

다행히 건너편에 편의점이 하나 보였다. 건우는 즉시 그곳으로 달려가 이온 음료 다섯 통을 집었다. 더 필요할 수도 있지만 일단은 마셔보고 결정할 작정이었다. 계산을 마치자마자 창가에 서서 들이붓듯 마시는 모습에, 계산대의 점원이 서커스 묘기라도 보는 눈으로 쳐다봤다. 건우는 그걸 신경 쓸 여력이 없었다. 영상만 안 찍혀도 다행이라고 생각했다. 네 병째를 비우고 조금 살 것 같아지자 마지막 병은 천천히 마시기로 하고 반대편에서 빛나는 네온사인에 시선을 뒀다. 그렇게 에너지 비축을 위한 멍때리기에 본격적으로 빠지려는데 누군가 어깨를 톡톡 두드렸다.

"건우 형?"

접근하는 기척도 느끼지 못한 터라 퍼뜩 돌아보는데 푸르스름한 얼굴 하나가 둥실 나타났다. 접촉이 가능할 정도로 강한 에너지를 가진 영혼은 예사로운 존재가 아닐 가능성이 높기에 건우는 몸을 펄쩍 날려 그것에게서 떨어졌다. 하지만 말을 건 건 영혼이 아니라 사람이었다. 심지어 오밀조밀하게 잘생긴 녀석의 얼굴을 탐탁지 않게도 바로 알아보고 말았다.

"록이? 이야, 네가 여긴 웬일이야!"

"윽!"

반갑게 어깨에 날린 주먹에 록이 신음을 내자, 건

191

우가 다급하게 때린 부위를 손으로 쓸었다.

"미안, 미안! 너무 반가워서 너 허약한 걸 깜빡했
다!"

"허약이라니요. 아무리 사실이더라도 그런 단어를
직접적으로 쓰는 건 실례잖아요?"

"그래, 실례 맞지. 빈약… 아니지, 원래 너 부르던
별칭이 따로 있었는데? 뭐였더라? 아무튼 무슨 '약'
인데…."

"그만, 거기까지!"

록이 눈을 부라리며 말을 끊더니 탁자에 줄지어 선
이온 음료병을 눈으로 훑으며 물었다.

"이건 다 뭐예요? 방금 빙의라도 했다 풀었어요?"

"오, 맞아. 기억하네?"

"저 머리 좋은 거 벌써 잊었어요, 영매 탐정님?"

"제가 머리로 사건을 푸는 타입은 아니잖습니까,
병약 탐정님?"

"…기억해 냈군요."

부루퉁하게 중얼거리는 록을 건우가 애정 어린 눈

길로 보며 물었다.

"근데 정말, 네가 서울에, 그것도 신림역까진 웬일이야?"

"건너 건너 아는 분이 저기 쇼핑몰에서 도난 사고가 계속 일어나는데 조사해 줄 수 있겠냐고 의뢰가 와서요. 내부자 소행으로 의심되는 상황이라 쇼핑몰 이미지 때문에라도 경찰 쪽 수사는 피하고 싶다셔서."

"호오, 그래?"

그 사이 마지막 병도 비운 건우가 빈 병을 재활용 휴지통에 넣으며 물었다.

"너 저녁은 먹었어? '사건 해결도 식후결'이잖아. 너 신림역 순대타운 유명한 거 몰랐지? 백순대도 먹어본 적 없을걸? 일단 거기 먼저 들르자!"

답은 정해져 있다는 듯 건우가 앞장서며 록의 팔을 잡아끌었다.

"아니, 잠깐만요. 건우 형, 저는 쇼핑몰 담당자를 만나…."

"잘됐네! 아예 순대타운에서 밥 먹으면서 얘기하자고 해. 혹시 알아? 그렇게 계속되는 범죄라면 내부자가 아니라 영혼의 소행일지도 모르잖아? 내가 안 그래도 방금 신림역을 떠돌던 고귀한 영혼을 좋은 곳으로 보내드렸단 말이지. 하, 이게 또 눈물 없이는 들을 수 없는…."

록이 마뜩잖게 눈을 흘겼지만 건우는 아랑곳없이 말을 이으며 록을 끌고 순대타운으로 향했다.

신림역의 새로운 사건은 어쩌면 다시 만난 두 탐정의 공조로 해결될지도 모른다.

작가의 말

신림역 칼부림 사건이 났을 때, 제가 인근에 사는 걸 아는 지인들의 안부 연락을 잇달아 받았습니다. 당시 저는 다른 지역에 있었기 때문에 담담히 무사하다는 회신을 보냈지만, 나중에 돌아와 상세한 뉴스를 살펴보니 정말 끔찍하고 무서운 일이었습니다. 그래서 생각해 봤습니다.

'만약 내가 그때 그 자리에 있었다면…?
보통의 많은 날처럼 그 거리를 아무렇지 않게 지나다 가해자와 맞닥뜨려 피해자가 되었다면?'

그렇게 갑작스럽게 닥친 죽음을 나는 과연 어떻게 받아들일까 생각했습니다.

이후, 뉴스나 대중의 관심은 가해자와 그를 만든 사회 현상이나 예방에 치중되었습니다. 하지만 저는 피해자와 유가족, 지인들의 마음이 신경 쓰였습니다. 저 또한 얼마든지 그들 중 하나가 될 수 있다는 생각으로 상황을 상상하고 위로할 방안을 고심했습니다. 그리고 그렇게 만나게 된 메시지들을 전해보려 한 시도가 바로 이 소설입니다.

결코 쉽게 접근해서는 안 되는 소재이기에 고민과 노력을 거듭했습니다만, 혹여나 이 소설이 유사한 사건의 피해자나 유가족에게 상처가 된다면 모두 제가 부족한 탓입니다. 미리 엎드려 양해를 구합니다.

저는 창작물에서 다루는 세계는 평행세계와 진배 없다고 생각합니다. 우리의 현실과 같을 수도, 같은 듯 비슷할 수도, 비슷하지만 전혀 다를 수 있습니다.

소설에서 언급한 가게나 건물, 사건과 상황에 관한

세부 정보는 제가 하고자 하는 이야기에 부합하도록 수정하고 만들어낸 것입니다. 신림역에 꽃거지가 출몰한 기간, 위치 등을 비롯해, 언급된 상점들의 운영 시기나 주인공의 사연이 진행된 기간, 신림역 사건이 일어난 시기 등은 현실에 근거하지만 다른 부분도 많습니다. 유령 백화점이라 불린 건물도 2021년에 이미 철거되었으니까요. 그러니 이 소설은 우리가 사는 세상과 비슷한 평행세계에서 일어난 이야기로 생각해 주시면 좋겠습니다.

귀신이나 영혼의 존재, 사후세계를 보는 관점도 마찬가지입니다.

저는 귀신이 나오는 무서운 공포영화를 좋아하면서도 실제로는 그 존재가 그리 악하지 않다고 믿습니다. 영매 탐정인 건우 캐릭터도 그래서 탄생했습니다. 설혹 원한이 있어 사람을 곤란에 빠뜨린 귀신이더라도, 그들의 말을 들어줄 누군가가 있다면 사람과 영혼 모두 평화롭게 공존할 수 있지 않을까 싶었습니다. 제가 어쩌다 그런 믿음을 가지게 되었는지는 정확히 모릅니다만, 막연히 상상한 그 세계관이 이 소설의 기초가 되었습니다.

소설 속 메시지 중에도 있지만 저는 우연이 모여 인연과 운명을 결정한다고 생각합니다.

저는 뒤늦게 소설 쓰는 일을 직업으로 삼게 되었는데 이 또한 그런 식으로 만들어진 운명이라고 생각합니다. 그 운명의 시작인 서미애 작가님께 이 자리를 빌려 다시금 감사드립니다. 여성 미스터리 작가 모임인 '미스 마플 클럽'의 일원으로 이번 책을 내게 된 것 또한 서 작가님의 은덕이니, 운명이란 참으로 신비로운 일입니다.

영매 탐정의 캐릭터와 세계관을 세팅할 즈음에 또 중요한 만남이 있었습니다. 우연으로 참석한 강의에서 하도겸 전법사님을 알게 되었고, 따로 요청드린 인터뷰에서 지어낸 것인지 사실인지 혼란할 정도 재미나게 들려주신 얘기 덕에 건우의 세계가 더욱 풍요

로워졌습니다. 고맙습니다.

독자분도 어떤 경로로 이 책을 손에 잡게 되셨을지는 모르겠습니다만, 우연이었다면 운명처럼 저와의 오랜 인연이 이어지길 바라봅니다.

마지막으로, 예기치 못한 사고로 세상을 뜨신 모든 영혼이 부디 고요한 곳에서 평안하시길 마음을 다하여 빕니다.

당신도 그 마음을 보태주실 수 있는 분이면 좋겠습니다.

꽃거지를 찾습니다

초판 1쇄 인쇄	2025년 4월 10일
초판 1쇄 발행	2025년 4월 24일

지은이	홍선주

총괄	김명래
책임편집	김혜정
디자인	studio forb
책임마케팅	최혜령, 박지수, 도우리
마케팅	콘텐츠 IP 사업본부
해외사업	한승빈

경영지원	백선희, 권영환, 이기경, 최민선
제작	제이오

펴낸이	서현동
펴낸곳	㈜오팬하우스
출판등록	2024년 5월 16일 제2024-000141호
주소	서울시 강남구 테헤란로 419, 11층 (삼성동, 강남파이낸스플라자)
이메일	info@ofh.co.kr

ⓒ 홍선주 2025
ISBN 979-11-94654-58-2 (03810)

한끼는 ㈜오팬하우스의 출판브랜드입니다.